O desabamento

Édouard Louis

O desabamento

tradução
Marília Scalzo

todavia

I

Não senti nada quando soube que meu irmão tinha morrido; nem tristeza, nem desespero, nem alegria, nem prazer. Recebi a notícia como se ouvisse a previsão do tempo ou como se escutasse alguém contando sobre sua tarde no supermercado. Eu não o via fazia quase dez anos. Não queria mais vê-lo. De vez em quando, minha mãe tentava fazer com que eu mudasse de ideia, a voz hesitante, como se tivesse medo de me incomodar ou de gerar um conflito entre mim e ela:

— Você sabe, seu irmão, talvez você pudesse dar uma chance a ele... acho que ele ia gostar. Ele fala muito de você...

Eu interrompia a conversa violentamente, com uma brutalidade que não reconhecia em mim e que jamais me atreveria a usar com ela em outro contexto; eu dizia que não queria mais ouvir falar dele, que minha decisão era definitiva; na maioria das vezes ela tentava de outra maneira, uma segunda vez:

— Mas eu falei pra ele, se você encontrar seu irmãozinho não o irrite com o passado e com o que aconteceu entre vocês. Deixa ele em paz. E ele me prometeu. Prometeu que não falaria do passado...

Diante da minha falta de resposta, ela deixava sua voz sumir no silêncio e olhava para baixo antes de mudar de assunto entusiasmada, a voz estridente, e eu via que ela falava dessa forma para encobrir o incômodo produzido por sua tentativa frustrada de reconciliação e por minha repentina agressividade — sinto demais ter causado a ela essa dor, talvez eu devesse ter me esforçado um pouco, mas também talvez eu só possa dizer o que estou dizendo agora porque é tarde demais, talvez a gente só possa ficar verdadeira e autenticamente consternado quando é tarde demais, não sei.

Soube que ele tinha morrido numa terça-feira, alguns minutos depois de acordar. Era um dia cinzento e frio, a condensação nas janelas desfocava o céu lá fora; eu estava lendo e vi no celular que minha mãe tinha me ligado várias vezes; era muito cedo, eu não estava com vontade de falar; mas ela ligou de novo, e de novo, então comecei a imaginar que alguma coisa grave ou importante poderia ter acontecido — uma vaga impressão, como um instinto difuso, sem linguagem, sem palavras. Quando o nome do meu irmão caçula apareceu na tela do celular, tive a certeza de que algo de anormal havia acontecido.

Pensei num acidente, em morte — e eu tinha razão.

Atendi; minha mãe estava chorando. Ela disse que o hospital ia desligar os aparelhos — dele, do meu irmão —, que ele só estava vivo porque uma máquina o mantinha vivo; a máquina fazia o coração de um corpo morto bater.

Na véspera ele tinha sido encontrado pela mulher com quem se relacionava fazia vários anos desabado no chão de seu apartamento, inconsciente, como um bicho agonizante, como um animal. Seu corpo estava no chão porque seu coração já não batia. Quando, em seguida, foi levado ao hospital, os médicos constataram que seu fígado também tinha parado de funcionar; e seus rins, seus rins estavam muito fracos, incapazes de cumprir a função que deveriam cumprir. Seus órgãos já estavam se degradando havia anos, rapidamente, ele tinha entrado e saído de prontos-socorros e hospitais muitas vezes nos últimos meses, e agora não havia mais esperança, esse colapso foi a gota d'água. Os médicos disseram à minha mãe que por conta da parada cardíaca seu cérebro não tinha recebido oxigênio por vários minutos e ficara danificado, como se tivesse sido desligado em diversos lugares, como os diferentes cômodos de um apartamento ficando no escuro um após o outro, sucessivamente, ou como se ele — seu cérebro — tivesse se fechado em si mesmo, irremediavelmente contraído.

Mesmo que sobrevivesse, disseram os médicos, mesmo que sobrevivesse, não seria mais capaz de andar depois de recobrar a consciência, não seria mais capaz de falar. O homem que conversou com minha mãe e lhe deu as explicações disse que isso não era tudo, que além de todos esses problemas eles tinham detectado um câncer grave no estômago dele, um nódulo anormal, células contaminadas, algo que estranhamente não havia sido diagnosticado antes.

Minha mãe me disse ao telefone que o rosto do meu irmão no leito da UTI estava roxo, inchado; meu irmão estava tecnicamente morto, o hospital podia tentar mantê-lo vivo ainda por algum tempo, mas não havia mais dúvidas, era o fim, minha mãe tinha me ligado para que eu soubesse que ela daria a autorização para a equipe médica desligar os aparelhos. Ele estava morto, mas ela era a única que tinha o direito de deixá-lo morrer. Ele tinha trinta e oito anos.

Ele estava morto, mas ela era a única que tinha o direito de deixá-lo morrer. Ele tinha trinta e oito anos.

Ele estava morto, mas ela era a única que tinha o direito de deixá-lo morrer. Ele tinha trinta e oito anos.

FATO NÚMERO 1

Uma noite, muito antes de desabar, meu irmão tentou voltar à superfície.

Ele voltou.

Tinha pouco mais de vinte anos, mas fazia vários meses que fora embora, e quando seu corpo apareceu ali, diante de nós, já não o conhecíamos.

Ele surgiu no meio da sala onde estávamos jantando com a televisão ligada, meu pai com o controle remoto na mão, minha mãe servindo o jantar, e com os olhos no chão ele disse:

— Pronto. Eu encontrei alguma coisa.

Silêncio.

Meu irmão repetiu: "Eu encontrei", e dizendo essas palavras tirou do bolso uma folha de papel que parecia plastificada, semitranslúcida; em um dos lados da folha, ao mesmo tempo opaca e brilhante, havia letras que eu não consegui ler. Ele olhou para o papel em sua mão, depois para nós, depois mais uma vez para o papel e, finalmente, após um longo tempo, anunciou que tinha encontrado um trabalho no açougue da cidade grande mais próxima. Explicou: havia entrado no estabelecimento alguns dias antes, quase por acaso, conhecera o dono e o dono gostou dele, de cara, tanto que, quando entendeu que meu irmão estava procurando emprego, fez uma oferta sem sequer conhecê-lo de verdade.

Ele disse que ia aprender uma nova profissão, com técnicas muito específicas, um saber que não é qualquer um que aprende, mas que ele, ele aprenderia. Ele teria algo que os outros não têm, insistia nesse ponto, saberia cortar uma carcaça, transformar o cadáver de um bicho em uma peça de carne que faria salivar quem passasse em frente à vitrine do açougue, conseguiria extrair de um corpo morto as peças de carne mais desejadas, ninguém consegue fazer isso, mas ele, sim, ele conseguiria, foi o que nos disse, e um dia até abriria seu próprio negócio e seu próprio açougue — ele não parava, falava rápido —, abriria seu próprio açougue e quando sua vez chegasse transmitiria esse saber tão especial para outras pessoas, seria indicado e reconhecido como o melhor trabalhador da França e receberia um troféu como recompensa, talvez fosse convidado para ir a outros países, para ensinar a outros o que tinha aprendido, quem sabe viajaria, foi o que nos disse. Meu irmão sempre teve essa tendência de querer abraçar o mundo, ele só sabia sonhar grande, nunca sonhos pequenos, nunca os sonhos pequenos que a maioria das pessoas têm no dia a dia, encontrar uma casa, comprar um carro para passear no domingo, não, ele sempre sonhou com nada menos do que a glória, e acho que foi a dimensão dos seus sonhos e o desajuste entre essa dimensão e todas as impossibilidades que compuseram sua vida, a miséria, a pobreza, o norte da França, seu destino, acho que todas essas contradições é que o tornaram tão infeliz.

Meu irmão estava doente dos seus sonhos.

Eu só tinha treze anos, mas quando ele apareceu na cozinha com aquele papel na mão entendi que viera para se vingar do que meu pai e as pessoas pensavam dele.

Meu irmão sabia que no nosso círculo ele era visto como um fracassado — era a palavra que surgia quando se falava dele, porque nunca tinha emprego e não havia procurado um de verdade até esse dia, porque já tivera problemas com a polícia e com a Justiça, problemas demais para um garoto de vinte anos, porque usava drogas, meu irmão sabia o que os outros falavam dele quando não estava ali, e na noite em que voltou, mesmo eu sendo muito jovem, vi e deduzi que ele estava usando aquela promessa de futuro como uma forma de mostrar que eles estavam errados.

Ele estendeu o pedaço de papel para meu pai e meu pai o pegou. A essa altura, todo mundo já tinha entendido, inclusive eu, que era uma dessas folhas plastificadas que os açougueiros usam para embrulhar as peças de carne. Meu pai inspecionou o papel por alguns segundos, o cenho franzido, o plástico farfalhando entre seus dedos, e então o devolveu para meu irmão sem dizer nada. Meu irmão pegou o papel sem entender o motivo da falta de reação, daquele silêncio, daquele nada depois de um anúncio tão crucial e, como o silêncio continuou, e com ele a incompreensão, meu pai soltou uma sonora gargalhada.

Ele riu, uma risada longa e entrecortada que preencheu toda a sala, e disse, eu me lembro, ainda sinto minha presença no meio da cozinha, o calor no rosto, meu pai disse: Você tá de brincadeira comigo? Você acha que vou acreditar num fracassado como você que nunca foi capaz de fazer nada na vida? Alguém que não serve pra nada? Você acha que vou acreditar em você só porque me trouxe um pedaço de papel que qualquer um poderia trazer? Você só pode achar que eu sou idiota, ou o quê? Você acha que sou tão imbecil a ponto de confundir um pedaço de papel que todo mundo pode pegar em qualquer lugar com um contrato de trabalho? Vai, sai — e se virou para a tela da televisão. Ele continuou a assistir ao seu programa, como se nada tivesse acontecido, como se meu irmão nunca tivesse aparecido.

Já não sei como meu irmão reagiu. Não sei se ele reclamou, se gritou para se defender ou se simplesmente olhou para o papel em sua mão, sem dizer nada, a cabeça baixa, em silêncio.

Meu pai estava enganado. Não tínhamos como saber no dia em que ele contou, mas sabemos agora, meu irmão disse a verdade, uma semana mais tarde ele começaria a trabalhar naquele açougue — antes de ser mandado embora por causa de seus problemas com bebida e seus atrasos sistemáticos, é verdade, mas essa já é outra história, naquela noite ele não mentiu.

Eu me lembro: ele saiu de casa em silêncio — acho. Não sabíamos para onde ele tinha ido. Uma hora depois, telefonou para nossa mãe. Chorando. Disse a ela que estava deitado sobre um trilho, esperando que um trem passasse por cima dele, queria morrer. Disse para nossa mãe escutar o silêncio em torno dele, era o silêncio do campo em volta da ferrovia, das árvores na noite, era o silêncio da terra molhada. Ele achou que ela o apoiaria, que ficaria do seu lado, ela costumava ser menos dura com ele do que meu pai, mas enquanto meu irmão falava minha mãe ficou quieta e meu pai voltou a rir, *Hahaha, e agora um suicídio, não faltava mais nada, vai em frente, bom suicídio, até mais.*

E eles desligaram.

Mais tarde, meu irmão me contará que a vida dele nunca mais foi a mesma depois dessa cena. Dirá que a cena do papel do açougue acrescentou mais uma camada em sua Ferida, e portanto, acredito eu, no que considerava, e desde sempre considerou, o coração de sua existência.

A voz da minha mãe tremia ao telefone. No fim da conversa, prometi que a encontraria no Norte para ajudar com os procedimentos no hospital e na funerária. Ela me perguntou:
— Quando você acha que conseguiria vir?
E eu respondi:
— Agora mesmo.
Ela repetiu, em um tom que ficava entre a ordem e o apelo:
— Sim, agora mesmo. Preciso que você esteja aqui.
Vi no meu celular que havia um trem que saía dali a uma hora; eu ainda estava de pijama, precisava tomar banho e arrumar algumas coisas, quarenta minutos separavam a estação do apartamento em que eu morava, precisava me apressar, escovei os dentes no chuveiro e pensei *Mais rápido*, ensaboei o corpo dizendo a mim mesmo *Mais rápido, mais rápido*.
Corri pela rua, o cabelo molhado, o frio lá de fora congelava a raiz do meu cabelo por causa da umidade, era muito estranho correr para a morte do meu irmão. Eu me perguntava se as pessoas na rua podiam imaginar a razão pela qual eu corria. Pensei que todas as vezes que vi alguém correndo na rua sempre pressupus, automaticamente, que a pessoa corria porque estava com medo de perder o ônibus ou uma reunião importante de trabalho, de qualquer modo alguma coisa episódica, não a morte de um irmão.

Meu irmão morreu. Eu revolvia essa frase na cabeça. Os primeiros pensamentos que emergiram de mim eram simples: "Eu nunca mais o verei, nunca mais ouvirei sua voz". A morte é banal, todo mundo sabe que vai pensar frases como essas, no entanto essas frases aparecem sempre como se fossem novas, como se estivessem sendo vividas pela primeira vez.

Como se a cada morte o mundo recomeçasse.

"Nunca mais ouvirei o som da sua voz. Ele não existe mais."

Essas frases não me machucavam, só me surpreendiam.

Depois surgiram imagens:

A vez que meu irmão pôs fogo nas arquibancadas do estádio da nossa cidade.

A primeira vez que uma mulher telefonou para meus pais de madrugada para dizer que meu irmão batia nela.

Todas as vezes que eu o via raspando bilhetes de loteria à espera de ganhar um bom dinheiro e mudar de vida.

Todas as vezes que me carregava para passar nas agências de emprego com ele à procura de um trabalho exaustivo e mal pago, os únicos a que tinha acesso.

Todas as vezes que me disse que estava sofrendo.

Eu sabia que algum dia precisaria organizar essas lembranças, fazer alguma coisa com elas.

Cheguei à estação a tempo e subi no trem, sem fôlego. O vagão estava vazio; à minha volta, o silêncio e os murmúrios abafados pelos bancos, somados aos tons cinza e pálidos do céu através das janelas, me deram a impressão de que o mundo todo tinha combinado de criar uma tela de fundo compatível com a situação que eu enfrentava. Mandei uma mensagem para minha mãe: *Estou a caminho, encontro você em pouco mais de uma hora*.

A mensagem não foi entregue. Ela devia estar no hospital, atrás de paredes grossas, perto do cadáver do filho.

FATO NÚMERO 2

Aprender a conhecer meu irmão era aprender a odiá-lo: uma noite, nossos corpos se aproximaram por circunstâncias alheias à nossa vontade, e então entendi quem ele era, e o odiei. Aconteceu anos depois da cena do papel do açougue, e meu irmão morava na cidade em que eu cursava o ensino médio; ele havia se instalado numa quitinete deteriorada de doze ou treze metros quadrados colada a uma oficina, com certeza um espaço onde antes eram guardadas as ferramentas e as peças dos automóveis, transformado num apartamentinho com manchas de ferrugem nas paredes e um cheiro de combustível pairando no ar do único cômodo. O proprietário deixava meu irmão morar ali em troca de ajuda nas obras dos apartamentos que o homem comprava e reformava para revender.

Já não sei se tive a ideia sozinho ou se alguém a sugeriu, mas achei que poderia ir dormir na casa dele durante a semana de provas na escola, as do fim do ensino médio. Imaginei que dormiria melhor e por mais tempo do que se eu fosse para a casa dos meus pais, que moravam a quarenta quilômetros dali; telefonei para ele para saber se concordava com isso e meu irmão aceitou. Ele me disse que seria bom, eu evitaria o cansaço do tempo que passaria nos meios de transporte. Disse até — era surpreendente vindo dele — que eu poderia usar esse tempo para revisar tudo o que eu precisava saber, reler as apostilas e minhas anotações.

Fiz uma mochila com minhas coisas e cheguei à casa dele. Eu me lembro como, logo nos primeiros segundos, percebi que não saberia como me comportar: senti a distância entre nós, que ele tentava disfarçar fazendo movimentos exagerados com as mãos, representando uma proximidade que não existia entre mim e ele.

No entanto, naquela noite, em seu apartamento, em meio à bagunça e aos minúsculos pedaços de tabaco pegajosos que ele deixava por todos os lugares onde passava, havia alguma coisa diferente das outras vezes: meu irmão estava tentando ser amável, notei. Ele me perguntou o que eu preferia comer, ele compraria o que eu quisesse, por que não uma pizza:

— Não tem nada melhor do que uma boa pizza, não é verdade?

Depois de dizer isso, se levantou e vestiu o casaco; calçou o sapato e sugeriu que eu aproveitasse sua ausência para reler minhas anotações de aulas, o que fiz — eu tinha levado comigo as análises de *As ligações perigosas*, romance de Laclos, e dos *Pensamentos* de Pascal anotadas em fichas de cartolina.

Ele voltou vinte minutos depois; tinha nas mãos duas caixas de papelão e uma sacola plástica azul-clara que a umidade tornava transparente; por causa da umidade vi que havia cervejas dentro dela. Meu irmão percebeu meu olhar inquieto para a sacola; ergueu os ombros e disse que era só um pouco de cerveja para tomar junto com as pizzas. Ele murmurava, como se quisesse dar uma explicação a si mesmo. As cervejas eram da marca 8.6, reparei, as mais fortes de todas, as que ele preferia por terem um teor alcoólico duas vezes maior do que as outras. Ele abriu uma latinha e nós comemos conversando; durante a refeição ele se serviu de uma segunda latinha de meio litro, e depois de uma terceira. Seus olhos estavam mais brilhantes do que no início da noite, a fala e as reações mais lentas, no entanto não fiquei muito preocupado, eu dizia a mim mesmo que eram apenas três cervejas e que depois daquela que ele estava bebendo aquilo acabaria, seria a hora de ir dormir.

Terminamos as pizzas, e — e hoje entendo que foi com esta frase que a noite degringolou — enquanto eu tirava a mesa, meu irmão disse que ia sair para comprar mais uma cerveja. Ele falou da maneira mais segura e firme possível, para impedir meus protestos.

Respondi que eu precisava descansar e dormir cedo para o dia seguinte, era importante para mim, mas ele me tranquilizou, não tinha problema, era só uma cerveja, mais uma para encerrar a noite em paz.

Ele tentou me sensibilizar, finalmente estava com o irmãozinho que ele não via muito, e a alegria de me reencontrar lhe dava vontade de comemorar, nada de mais, só outra cerveja, essa cerveja era apenas um jeito de fechar uma noite perfeita, será que eu também não estava feliz de estar com ele? Fiquei quieto. Vi, na determinação de seu olhar e no ritmo de suas frases, que sua decisão já estava tomada.

Meu irmão saiu, a porta se fechou e continuei a ler minhas anotações para a prova do dia seguinte.

Menos de meia hora depois ele reapareceu com uma nova sacola na mão; quando se aproximou vi que não havia apenas uma cerveja lá dentro, mas três, talvez quatro. Deixei escapar um suspiro:

— Vou fazer as provas amanhã...

Meu irmão suspirou também, mas seu suspiro não era um suspiro de desespero, e sim de cansaço; pediu que eu parasse de lhe dar lições. Ele se sentou diante da mesa, abriu uma lata de meio litro e bebeu muito rapidamente. Depois outra. Ele tentava falar comigo, porém eu não respondia mais; não entendia como ele podia ser tão cruel e egoísta, como podia não se controlar e não beber apenas por uma noite, num momento tão importante para mim, como podia brincar com a minha vida. Fiquei ruminando esta frase: Ele está brincando com a minha vida, vai destruir o meu futuro por causa de umas cervejas, mas ele não leva isso em conta, não vou conseguir meu diploma e por causa dele não vou para a universidade, mas isso não faz diferença para ele.

Era pouco mais de meia-noite. Ele estava terminando a segunda cerveja de sua segunda ida à mercearia, ou seja, a quinta da noite, e eu lhe disse de novo que precisava dormir, meu despertador estava programado para as sete horas do dia seguinte, eu precisava dormir.

Meu irmão falou para eu me deitar, ele logo se juntaria a mim; estava fumando o último cigarro. Me deitei no sofá-cama que já estava aberto, enrolei meu corpo no lençol, fechei os olhos e tentei adormecer; mas alguns segundos depois ouvi o barulho de uma latinha sendo aberta.

Ele estava abrindo outra cerveja.

Eu não disse nada.

Ouvi o barulho da cerveja descendo por sua garganta, os barulhos de sua boca quando ele engolia.

E pensando nele, concluí: Eu odeio ele, odeio ele.

Quando ele ligou a música, minha raiva explodiu. Tentei ignorar sua presença, mas de repente ele pôs a música na televisão grande que ficava bem ao lado do sofá em que eu estava deitado, e deixou o volume no máximo, a música gritava nos meus ouvidos. Abri os olhos, me sentei e disse da forma mais agressiva possível:

— O que você está fazendo??????

A terceira cerveja que ele tinha bebido desde que voltara — portanto, a sexta — havia transformado seu estado. Eu não tinha visto isso porque estava de olhos fechados, mas, ao me levantar e olhar para ele, de repente vi: seus olhos brilhavam e luziam, suas pálpebras tornaram-se pesadas, sua boca pastosa; era como se as palavras que eu dizia chegassem para ele em estado sólido, ele não me ouvia mais, eu disse: *Desliga essa música! Eu preciso dormir!* mas meu irmão não reagia, continuava me olhando com um ar atordoado, a boca semiaberta, como uma parede.

Eu queria machucá-lo para quem sabe atingi-lo, eu o insultava: Você não liga mesmo para mim e para minha vida? Você não está nem aí de estragar tudo, seu imbecil? Eu te detesto, seu puto, e ele, enquanto eu gritava, me via como uma sequência de sinais que não conseguia decifrar, como a parede na qual se tornara, como se o álcool o tivesse convertido em uma parede.

Desisti. Já era mais de uma da manhã. Deitei e fechei os olhos: mobilizei todos os recursos do meu corpo para adormecer, mas não consegui, a música agredia meus ouvidos. O desespero, aos poucos, se transformou em raiva, eu pensava, *Acabou.* Pensava, *Amanhã vou errar tudo e nunca irei para uma universidade.*

Quando ele saiu uma terceira vez para comprar mais cervejas, eu nem reagi. Deixei-o ir, e assim que se foi, desliguei a música.

Por volta das quatro ou cinco da manhã ele se juntou a mim: tirou a roupa e deitou no sofá-cama. Senti o cheiro de álcool macerado em seu estômago e liberado por sua boca quando respirava. Ele se grudou em mim e eu o empurrei com as pernas para o outro lado do colchão, tentei machucá-lo, ele estava inconsciente de tudo o que acontecia, como um corpo morto, eu sentia sua transpiração, os fluidos de seu corpo, podia ver seu sexo que escapava da cueca, roxo e rígido pelo sono. Ele me dava nojo.

No dia seguinte fiz as provas e perguntei a Elena, minha melhor amiga na escola, se eu poderia dormir na casa dela nas próximas noites. Contei tudo a ela, o que meu irmão fizera, as cervejas, a música, e ela me disse que claro, claro, eu podia dormir na casa dela.

No fim da tarde, meu irmão ligou no meu celular, queria saber a que horas eu iria chegar à noite. Eu não atendi.

A voz da minha mãe tremia ao telefone:
— Quando você acha que conseguiria vir?
E eu respondi:
— Agora mesmo.
Ela repetiu, em um tom que ficava entre a ordem e o apelo:
— Sim, agora mesmo.

No trem, levei livros sobre a morte, que enfiei de qualquer jeito na mochila, na esperança de entender o que estava acontecendo comigo, ou melhor, o que tinha acabado de acontecer. Larguei a mochila a meus pés e tirei dali o ensaio de Joan Didion, *O ano do pensamento mágico*. Enquanto o folheava, o livro se abriu numa página que eu tinha marcado na minha primeira leitura, muitos anos antes, uma em que Didion, lendo Philippe Ariès e seus estudos sobre a Idade Média, se pergunta sobre os sinais que a pessoa que vai morrer consegue perceber antes dos outros. Didion e Ariès falam de um conhecimento que não é científico nem médico, que não vem de um estado de saúde degradado que leva a saber que o fim está próximo, como seriam, por exemplo, os diferentes estágios de um câncer.

Eles falam de um conhecimento que não é mensurável, que só a pessoa afetada pela morte tem, como um sinal, um aviso, "a morte dá um tempo para o aviso", diz Ariès, contando a história de homens da Idade Média que se deitavam depois de um longo périplo e anunciavam que iam morrer, mesmo não apresentando nenhum sinal aparente de fraqueza ou doença.

Enquanto, a alguns centímetros do meu rosto, eu observava o desfile dos campos e das florestas pela janela do trem, me perguntava: será que meu irmão sentiu alguma coisa parecida quando estava vivo? Será que soube antes de todo mundo que ia morrer, antes mesmo que aparecessem sinais clínicos da possibilidade de sua morte? Será que ele soube disso sob a forma de uma certeza íntima, de um saber inexplicável, quase sobrenatural, como uma conversa silenciosa entre um homem e seus órgãos?

    Meu irmão caçula diz agora que anos antes da morte dele, quando sua saúde ainda estava relativamente controlada, ele — meu irmão mais velho — falava de tudo que meu irmão caçula poderia herdar se ele — meu irmão mais velho — morresse. Meu irmão caçula insiste, *E eu juro pra você que naquela época a gente não acreditava que isso iria acontecer*. Imagino meu irmão mais velho sozinho, à noite, consciente de que sua morte se aproximava, sem palavras para expressar isso, a morte como um fluxo escuro e espectral entrando pela boca. Como um vômito ao contrário.

O aviso da morte.

FATO NÚMERO 3

A vida do meu irmão se inicia com sua Ferida. É, pelo menos, o que minha mãe afirma quando lhe pergunto.

Ela reconstitui o que enxerga como as origens: o homem com quem ela vivia, seu primeiro marido, pai do meu irmão e da minha irmã mais velha, começou a beber depois que eles passaram a viver juntos; ele bebia todos os dias até se embriagar, como meu irmão faria anos mais tarde, como um presságio, e minha mãe não aguentou mais: ela foi embora e pediu o divórcio.

De repente, meu irmão não tinha mais pai: depois da separação ele não queria mais ver os filhos, ou quase isso; quando meu irmão pedia para ficar um tempo com ele, o pai respondia que não podia por causa do trabalho.

Minha mãe:

— Mas eu sabia que não era verdade. Sabia que depois que se casou de novo ele não estava nem aí pra sua vida de antes e pros filhos, queria seguir em frente. Claro que eu não dizia isso pro seu irmão. Eu mentia para protegê-lo. Mas um dia seu irmão teve um problemão no dente e eu não sei por que insistiu que o pai fosse com ele ao dentista. Ele era pequeno, talvez tivesse dez anos, você sabe as ideias que a gente enfia na cabeça com essa idade. Liguei pro pai dele para falar sobre isso, mas ele respondeu que estava ocupado com o trabalho. Ele era encanador. Mas no dia da consulta cruzamos com o pai dele na rua. Ele estava fazendo carinho na bebezinha que acabara de ter com sua nova mulher, sorria para ela, brincava com ela. Seu irmão viu isso e chorou. Ele nunca esqueceu.

Quando faço perguntas a ela, já que não conheço meu irmão, já que nunca procurei conhecê-lo antes de sua morte, minha mãe conta que a partir dos primeiros dias da separação meu irmão desenvolveu comportamentos estranhos; na escola ou na colônia de férias, quando um adulto propunha que ele fizesse um desenho, ele nunca desenhava a mesma coisa que as outras crianças, ao contrário dos outros, nunca desenhava árvores ou flores; ele desenhava cadáveres. Minha mãe se lembra de um desenho vermelho, um rio de sangue, ela nunca esqueceu nem do corpo nem dos caixões que boiavam na superfície do rio imaginário.

Ela conta também sobre as tentativas dele de fugir, na mesma época. Na escola primária, sem que ninguém pudesse prever ou antecipar, meu irmão se levantava e saía correndo da sala de aula.

Ele fugia.

Ultrapassava o perímetro da escola e corria pelas ruas, pelo bosque que delimitava a entrada e a saída da cidade, pelas plantações de colza. Ninguém sabia para onde ele ia. Quando perguntavam, ele respondia que estava procurando o pai, como o menino de *O garoto da bicicleta*, o filme dos irmãos Dardenne. Minha mãe conta que um dia, em uma dessas tentativas de fuga, o professor tentou pegá-lo; ele segurou meu irmão pelo braço e, como ele se debatia, o professor o derrubou.

— Era só um menino. Ele não estava bem da cabeça, mas não tinha culpa. E o outro jogou ele no chão. Seu irmão ficou com o braço todo arranhado, com sangue por todo lado.

No entanto, fora as poucas vezes em que ele se comportou de um jeito estranho, a história da infância do meu irmão é uma história bastante silenciosa. Minha mãe jura que, com exceção desses poucos acontecimentos, ele era uma criança calma e fácil:

— Era a criança mais educada, a mais gentil que conheci. Eu teria adorado que na mesma idade você tivesse sido tão gentil quanto ele.

Será que esse silêncio era justamente a prova de que alguma coisa estava acontecendo? Será que ele — o silêncio — era a condição para que meu irmão pudesse construir dentro de si, devagar e pacientemente, a tempestade que um dia precipitaria sua queda?

É também o que me dizem as mulheres que meu irmão amou durante a vida. Quando, depois que ele morreu, telefonei para elas, procurando pela internet suas coordenadas, todas afirmaram a mesma coisa: que quando não tinha suas crises e suas explosões, meu irmão era a pessoa mais doce e mais gentil do mundo, a mais calma que já tinham encontrado:

— Ele fazia de tudo para ajudar os outros. Um dia minha filha queria um sapato. Era um tênis que custava caro. Seu irmão tinha acabado de arrumar um emprego, ele tinha procurado por bastante tempo. Quando recebeu o primeiro salário, ele comprou o tênis pra minha filha. Custou a metade do seu salário, mas ele comprou mesmo assim. Eu disse a ele Você é louco, e ele respondeu Não, é normal. É normal.

Foi a partir dos roubos que meus pais começaram a se preocupar. Meu irmão tinha dezesseis, dezessete anos. Os objetos de casa estavam desaparecendo e meu pai se deu conta de que era ele que roubava para revender e comprar bebidas e drogas — nada grave, só maconha.

A primeira vez, meu outro irmão, o caçula, voltou da escola no fim da tarde e percebeu que seu video game tinha desaparecido. Ele jogava todos os dias, era o objeto mais valioso que tinha, e ao entrar em seu quarto, constatou que não estava lá.

Meu irmão mais velho sumiu por quarenta e oito horas. Quando reapareceu, seus olhos brilhavam; suas roupas exalavam cheiro de fumaça, ele fedia a álcool; era a maconha e o uísque que tinha conseguido comprar ao vender o video game.

Meu pai o segurou pelo colarinho, deu um tapa na cara dele e o arrastou para o banheiro. Em seguida o colocou deitado na banheira, de roupa e tudo. Eu assistia à cena, aterrorizado com o corpo imenso do meu pai revirando o corpo do meu irmão mais velho. Meu pai abriu a água fria e molhou meu irmão, que se debatia. Ele gritava: "Agora você vai parar com essas idiotices!".

Meu irmão não parou. Outros objetos desapareceram. Outras situações conflituosas entre ele e meus pais marcaram aqueles anos: ele bebeu, roubou bebida do supermercado da cidade, mentiu. No entanto, nenhum desses incidentes poderia nos dar a ideia do que meu irmão iria se tornar: todas as adolescências, ou quase todas, contêm cenas como essas.

Uma mulher com quem consegui falar, que foi sua monitora em um acampamento de férias, me contou sobre a pessoa que meu irmão era:

— De todos os garotos do acampamento, ele era o que eu mais gostava. Tinha sempre um sorriso no rosto, era prestativo. Quando era preciso fazer o jantar para o grupo, ele era o primeiro a querer ajudar. Cozinhava cantando para os outros, nos fazia rir. Se você tivesse visto! No fim da noite, quando todo mundo ia dormir, eu ficava um pouco longe do acampamento com ele. Sentávamos na grama e conversávamos. Fumávamos. Ele me contava que sentia falta do pai, era sensível. E, acima de tudo, quando eu falava de mim, da minha vida e dos meus problemas, ele me ouvia. Não sei se você já reparou, mas, na maior parte do tempo, as pessoas não ouvem umas às outras, os homens em especial. Mas ele me ouvia.

Se eu acreditar na minha mãe e nessa mulher, meu irmão foi, então, não apenas uma das crianças, mas também um dos adolescentes mais doces que elas conheceram.

FATO NÚMERO 4

E um dia meu irmão sumiu. Ele era amigo, desde o tempo da escola, de Jayson e Thomas Boinet, irmãos gêmeos que moravam numa cidade a seis quilômetros da nossa. Meu irmão nem tinha dezoito anos e passava cada vez mais tempo na casa deles, que ficava à beira da floresta e das plantações de beterraba. Ele ia para passar alguns dias, primeiro nos fins de semana, depois a semana toda. Meu pai tentou impedir essa aproximação. Ouvíamos dizer que os Boinet vendiam e compravam drogas, que bebiam demais para garotos da idade deles, diziam que bebiam com a mãe e que, fazendo isso, transgrediam a fronteira entre a autoridade dos pais e a obediência dos filhos, fronteira que meu pai considerava sagrada. Ele ordenou a meu irmão que nunca mais fosse à casa deles, mas meu irmão não o ouviu; dormia no sofá dos Boinet, desligava o celular para que ninguém pudesse ligar para ele, e dois, três dias depois voltava para casa com o rosto abatido, olheiras escuras, extenuado pelas festas e noites sem dormir com seus novos amigos, embrutecido pelas tardes que passava jogando video game sem parar, doente por causa do álcool que bebia e que, segundo minha mãe, eles o faziam beber, meu irmão não bebia, eram seus amigos que o faziam beber, como se fossem responsáveis por tudo o que ele fazia. Meu irmão ia para a casa dos Boinet cada vez com mais frequência, até que um dia não voltou. Horas e noites se passaram. Uma semana, depois duas. Nossa mãe começou a se perguntar por que ele continuava lá por tanto tempo. Ela ainda não estava preocupada, se perguntava em voz alta, queria saber se tínhamos tido notícias dele, talvez por meio de amigos, talvez de vizinhos, até que meu irmão ligou para dizer que não voltaria mais para casa. Nunca mais.

Minha mãe quis saber por que ele estava falando uma coisa dessas. Achou que fosse brincadeira ou que meu irmão, talvez por ter bebido demais, estivesse falando frases sem sentido, em todo caso ela não o levou a sério e meu irmão começou a gritar ao telefone.

É preciso entender que essa explosão que transformaria toda a existência do meu irmão e de maneira irreversível ocorreu sem nenhum sinal prévio. Ninguém poderia ter suspeitado.

Minha mãe primeiro tentou rir da resposta dele. Ela disse que ele parasse de falar besteiras e voltasse para casa, Mas o que você está inventando agora, não está bom da cabeça, vamos, volta, senão vamos ficar bravos, mas meu irmão não deixou que ela continuasse, ele gritou mais alto, *Me escuta!!!!!!!!!!!!!!!!!* Ele disse que ninguém o respeitava em casa, que minha mãe o tinha abandonado e que ela não era uma mãe para ele, mas que os Boinet, eles sim, estavam ali, se preocupavam com ele e cuidavam dele, meu irmão gritava, *Todo mundo fala mal dos Boinet porque eles fumam maconha ou porque a mãe deles se veste como quer, sem se importar com o que os outros pensam, porque ela é livre, mas ela, ela sabe o que é amar*, ele gritou, *Ela sabe ouvir, sabe acalmar alguém quando a vida está muito difícil*, disse que ela sabia conversar com ele, com meu irmão, lhe dar conselhos, ao contrário da nossa mãe, ele criticou minha mãe por nunca ter cuidado dele, *Você sempre me deixou morrer na beira da estrada como um cachorro, porque é submissa ao papai, você não é livre, você não é como a mãe do Jayson, as pessoas criticam a família deles e falam mal deles, mas não sabem de nada, seria melhor que olhassem para si mesmas*, meu irmão disse para minha mãe que a detestava, que detestava ela e meu pai por nunca ouvir o que ele tinha a dizer, por nunca tê-lo apoiado ou incentivado, ele os acusava de tê-lo humilhado durante toda a infância e adolescência, ele os detestava porque, por causa deles, estava destruído, mas agora isso tinha acabado, graças a seus amigos ele iria se reconstruir.

Minha mãe desligou o telefone atordoada. Ela não sabia que meu irmão nutria todo aquele ódio por ela — e acho que estava sendo sincera, ela não sabia, não se pode culpá-la. No fim do telefonema, ela suspirou e disse ao meu pai, com os olhos arregalados e uma expressão aturdida, como se tivesse acabado de ver um maluco gritando na rua: "Ele não está bem, o outro, inventando coisas desse tipo".

A partir desse dia, a existência do meu irmão se tornou um relato para nós. Diziam — mas como podiam saber, talvez exagerassem, não é? —, diziam que meu irmão só bebia e se drogava com seus amigos, os gêmeos Boinet, e que jogava video game até não saber mais quando terminava o dia e começava a noite, que só fazia isso, não ia mais para a escola onde tinha começado um curso técnico de construção civil, que sua vida estava esvaziada de qualquer outra forma de realidade. Pessoas da cidade começaram a falar dele, sobre ele, a nos alertar sobre o mau caminho que sua vida tomava. Acusavam minha mãe, eu as ouvia cochichando nas ruas, encobertas pelas paredes de tijolos e pela neblina, acusavam minha mãe de não ter sabido educá-lo, diziam que um filho não vai embora da casa dos pais assim, sem trabalho, sem nenhuma segurança ou garantia, e tão novo, elas diziam que havia algo suspeito e que naquela idade os problemas só podem vir dos pais.

[*Por que ele foi embora?*]

Eu me lembro do silêncio. Eu me lembro de como as notícias sobre meu irmão e sobre sua vida com os Boinet chegavam através de minúsculos toques, como no processo de criação de um quadro, em que os primeiros gestos do pintor ainda não permitem adivinhar a tela que vai surgir nem o objeto que representam; até o dia em que minha mãe recebeu um telefonema da polícia informando que meu irmão tinha sido preso. Foi a primeira ligação, a primeira de uma longa série de ligações exatamente iguais e que por vários meses se tornariam um dos nossos raros laços com a existência dele.

A voz emitida pelos alto-falantes do trem anunciou a chegada a Amiens, a cidade onde meu irmão acabara de morrer. A voz do trem era como a de uma pessoa que acorda você bem cedo de manhã, doce e cansada, as palavras, assim que propagadas, eram imediatamente absorvidas pelo silêncio e pelo estofado dos bancos. Peguei a mochila e, com o livro de Joan Didion na mão, desci. Lá fora fazia frio, um frio úmido e desagradável. Mandei uma série de mensagens à minha mãe, para lhe dizer que eu tinha chegado e que a encontraria em algum café. Disse a ela que esperaria pacientemente pelo tempo que fosse necessário, duas, três, quatro horas se preciso, eu poderia até mesmo pegar um quarto num hotel e descansar ali se os trâmites demorassem — não sabia exatamente o que eu queria dizer com "trâmites". Não estava muito preocupado (estava errado). Quando conversei com ela ao telefone, antes de ir para lá, minha mãe chorou ao falar sobre a morte do meu irmão, mas logo se recuperou e disse:

Bom, acho que devíamos enterrá-lo no túmulo dos seus avós de qualquer forma não posso deixar que o enterrem sozinho longe dos outros é meu filho não posso deixar ele sozinho
  bom
  e depois é verdade que eu preciso perguntar na prefeitura onde os avós dele estão enterrados para ver se é permitido não tenho certeza não sei bem como são essas coisas
  não sei

vou perguntar

não sei se temos o direito de pôr alguém numa sepultura se isso não tiver sido combinado antes vou precisar ver tudo isso e também a missa e também o enterro do seu irmão ele sempre quis uma cerimônia na catedral de Amiens mas será que dá ou não preciso descobrir você conhece seu irmão enfim bom se você conhecesse ia saber que ele sempre acreditou em Deus ao contrário de você então eu preciso descobrir além do mais hoje em dia tem cada vez menos padres pra gente chamar então não vai ser fácil mas também é verdade que me lembro que quando perdi minha mãe a funerária nos ajudou com tudo é verdade que eles sabem fazer o trabalho deles eles cuidam de tudo do começo ao fim cerimônia enterro cremação placas e até flores, custa os olhos da cara mas o que é que se pode fazer não podemos fazer nada acho que tem uma funerária não muito cara ao lado do hospital vou olhar lá.

Em outro contexto, um monólogo como esse poderia parecer uma encenação ou um experimento literário. No caso da minha mãe, era realismo; documentário. Fui obrigado a interrompê-la e dizer outra vez que iria encontrá-la, que logo estaria com ela para ajudá-la; assim que cheguei a Amiens e desci do trem, pensei de novo no discurso dela e me tranquilizei ao concluir que minha mãe estava sofrendo menos do que eu temia. Foi só à noite, quando já estava deitado no quarto de hóspedes da casinha onde ela mora, à beira dos campos, e achando que ela estava dormindo, só nessa hora compreendi meu equívoco.

Acendi a luz e abri o livro de Joan Didion; li que quando seu marido morreu Didion se entregou, mentalmente, às consequências administrativas da morte. Ela entende, em retrospecto, que os enlutados adiam o momento em que terão que enfrentar a morte, concentrando-se em questões puramente técnicas e mundanas. A data do enterro, o lugar, as formalidades, todos esses elementos servem para retardar o instante fatal em que será necessário enfrentar o mais importante, ou melhor, a verdade: ou seja, o desaparecimento irreversível de um ser amado.

Joan Didion nos alerta de que é preciso desconfiar da nossa tendência a acreditar que uma pessoa está bem apenas porque não apresenta sinais de tristeza. Acreditei que minha mãe estava bem porque ela falava de outras coisas, eu estava errado; essa era, na verdade, a prova de que havia um problema. Ela era uma mulher que fugia do fato: ela nunca mais veria seu filho. Nunca mais falaria com ele.

O nome dela apareceu na tela do meu celular. A mensagem dizia: "Pronto. Me encontra no estacionamento do circo em quinze minutos". Eu levantei, paguei os cafés que tinha bebido e atravessei a cidade. Ainda eram cinco da tarde, mas já estava escuro.

Quando cheguei nos arredores do circo, avistei a silhueta da minha mãe e a dos meus irmão e irmãs como sombras cinzentas na noite. Eu me aproximei; ao me ver, minha mãe veio em minha direção e, quando chegou na minha frente, me abraçou. Foi estranho, tive a sensação de ser um espectador da cena que se passava ali. Todos os meus gestos, todas as minhas atitudes, tudo parecia falso e representado, como se eu tivesse visto essa cena tantas vezes na televisão ou no cinema que meu corpo agia espontaneamente por imitação, reproduzindo-a de forma idêntica. Eu desempenhava um papel, mas não conseguia fazer nada para interromper isso; eu era espectador do meu próprio corpo. Até as palavras que eu dizia pareciam saídas de um roteiro, eu acariciava o cabelo da minha mãe e sussurrava, Vai passar, vai passar. Ela me respondia, Meu filho não, meu filho não. Por que meu filho? Por que meu bebê? Por que me tiraram o meu bebê? — e eu pensava: *Eu poderia ter escrito esta cena palavra por palavra mesmo que não a tivesse vivido.*

Poderia ter previsto tudo, minha mão no cabelo dela, sua silhueta no escuro, as minhas frases e as dela. As realidades mais violentas são normalmente as menos surpreendentes.

Perguntei para minha mãe:

— O que você quer fazer agora? Quer ir a um restaurante? Quer comer num restaurante bom pra recuperar as forças?

Achei minhas frases estúpidas. Detestei as palavras, odiei minha língua, minha boca, minha voz.

— Quer ir comer perto do mar?

Foi o que eu disse, mas dentro de mim pensava: Sinto muito. Sinto muito por seu filho ter morrido.

Ela suspirou:

— Não. Preciso descansar. Será que podemos ir para casa? Podemos voltar pra casa?

Disse que faríamos o que ela quisesse, ela decidiria — o que mais eu poderia dizer?

Eu me virei para a minha irmã mais velha. Ela tinha esperado ali, um pouco afastada, em silêncio, durante toda a interação com minha mãe. Ela sugeriu que fôssemos para a casa dela; ela e minha mãe moravam na mesma cidadezinha fazia alguns meses, a apenas poucos metros uma da outra. Minha mãe poderia passar um tempo com a gente e voltar para a casa dela quando quisesse.

Perguntei para ela:

— O que você acha?

E ela disse baixinho:

— Tudo bem. Mas você vai dormir na minha casa depois? Comigo?

Eu prometi que iria.

Minha irmã mais velha ligou o carro e eu sentei no banco de trás. No trajeto minha mãe falou do meu irmão, como se quisesse fazê-lo voltar à vida uma última vez pela palavra.

O poeta Catulo escreveu o seguinte quando seu irmão morreu:

> Muitos povos e muitos mares volvidos,
> eu volto, irmão, para estes tristes ritos fúnebres,
> para te dar esta última prenda mortuária,
> e para em vão falar às mudas cinzas,
> pois que a fortuna te levou de mim, a ti,
> infeliz irmão, que injustamente me foste roubado!
> Agora isto que de acordo com o antigo costume dos
> [antepassados
> te foi ofertado como sentida homenagem aos mortos
> aceita, umedecido com copioso choro fraterno,
> e para sempre, irmão, adeus e fica em paz.

Será que escrevo porque não sinto a tristeza de Catulo e gostaria de senti-la? Será que escrevo na esperança de fazer a dor surgir? Será que escrevo porque essa dor faria com que eu me sentisse normal, um irmão como todos os outros irmãos, que chora a morte do outro?

Algumas observações antes de continuar:

1: Quando o pai deixou de cuidar deles, minha irmã mais velha reagiu de modo mais pacífico do que meu irmão. Às vezes ela dizia que sentia falta do pai, mas não fugia para encontrá-lo. Ao contrário do meu irmão, ela não passou a vida chorando, evocando esse abandono. Ela raramente pensava nele, e depois de certa idade, passou a chamá-lo de "meu genitor" para destacar sua indiferença. Ela me dizia que o meu pai era seu verdadeiro pai, já que ele a tinha educado.

Essa diferença de reação à mesma situação constitui, me parece, o primeiro sinal da Ferida do meu irmão.

Pergunta: Será que foi o divórcio que criou sua Ferida, como minha mãe acha, ou será que a Ferida sempre esteve ali, nele, desde que veio ao mundo? Será que foi o divórcio que o feriu ou será que meu irmão foi lançado no mundo com sua Ferida, que depois ele alimentou em todas as oportunidades possíveis, em todos os contextos?

Às vezes tenho a impressão de que a história do meu irmão é a história de uma Ferida lançada no mundo e sempre reaberta.

Às vezes tenho a impressão de que, se não fosse a ausência de seu pai, meu irmão encontraria outra coisa.

***

Às vezes tenho a impressão de que a vida do meu irmão foi apenas um instrumento a serviço da Ferida e que a questão não é saber **onde** ela começou, mas **por que** o mundo ofereceu a ele tantas oportunidades para aprofundá-la.

2: Durante toda a minha vida vi meu irmão deprimido. Durante todos os anos em que estivemos por perto, eu o ouvi dizer, como ele disse à minha mãe depois do seu desaparecimento na casa dos Boinet, que ele tinha sido abandonado.

Meu irmão, segundo a expressão do psiquiatra alemão Hubertus Tellenbach, mobilizava qualquer *combustível* para manter o fogo de seu sofrimento.

3: Para grande parte da classe operária, feridas psicológicas não existem. No círculo do meu irmão nunca se falava em trauma, melancolia, depressão. As classes mais privilegiadas, por outro lado, contam com lugares e instituições coletivas para evocar suas feridas: a psicanálise, a psicologia, a arte, as terapias coletivas. Se meu irmão estava ferido, ele não tinha um lugar para falar disso.

4: Claro que, em seus anos de juventude e adolescência, meu irmão também foi feliz. Ele também se divertiu. Um dia ele e um de seus melhores amigos foram passar um fim de semana em Amsterdam.

Meu irmão voltou para casa e me contou: "Assim que chegamos tivemos a ideia de encontrar uma puta. Fomos no bairro onde elas ficam numa vitrine, escolhemos uma boa pra nós e pagamos. Eu trepava com ela enquanto ela chupava meu amigo e eu berrava, batendo na bunda dela, sua puta imunda, sua cadela imunda! Meu amigo dizia: Não é uma mulher, é um aspirador de pó! Vai, mete nessa porca!".

Não sei se a literatura pode transcrever essas palavras. Duvido da sua capacidade de comunicar o modo simples e rude com que meu irmão disse tudo isso. Com que se pareceria um livro escrito exclusivamente nessa linguagem? Se essa linguagem existe no mundo, será que ela pode, ou deve, existir nos livros? Ou será que os livros devem demarcar uma distância entre a linguagem do mundo e a deles? Será que mascarando a existência dessa linguagem eu não iria mascarar a vida de homens como meu irmão?

Quando ele me contava uma história como essa, eu ficava enojado.

Muitas vezes odiei meu irmão, mas preciso entender sua vida.

5: Com os Boinet e outros amigos meu irmão continuou praticando os pequenos atos de delinquência nos meses que se seguiram a seu Desaparecimento.

Um dia, a polícia bateu na porta da casa dos meus pais e explicou para minha mãe que, alguns dias antes, meu irmão e seus amigos estavam caminhando pelas ruas, e que por causa da bebida, ou por causa do efeito manada que os levava a querer impressionar uns aos outros, eles tinham destruído, a golpes de bastão, instalações elétricas, grandes blocos de plástico branco que ficavam no meio das calçadas e que serviam para distribuir eletricidade para diferentes zonas da cidade; nunca entendi como fizeram para não morrer eletrocutados.

Meu irmão foi condenado pela Justiça a prestar serviço comunitário e a reembolsar a companhia nacional de eletricidade pelos danos causados. Ele não voltou para a casa dos meus pais depois da condenação; ficou vagando, não sabíamos onde estava. Ele tinha dezoito anos, não ia mais à escola, não trabalhava. Ignorávamos tudo ou quase tudo a seu respeito.

Pergunta: em que momento os atos se tornam destino? Até que ponto alguém, meus pais, por exemplo, poderia ter influenciado na direção que a vida dele tomava? A partir de quando é tarde demais?

2

FATO NÚMERO 5

Meu irmão reapareceu como tinha desaparecido: sem que soubéssemos ou compreendêssemos por que naquele dia e não em outro ou por que naquele momento e não em outro. Ele retornava de seus meses de errância. Alguns dias antes, tinha voltado para a cidade; soubemos que estava vivendo com Pierre, um de seus amigos de infância, que morava a duas ou três ruas da casa dos meus pais, num beco de terra sem saída, coberto de mato.

Ele ligou para avisar que tinha um anúncio a nos fazer, e no dia em que voltou, bateu na porta de casa como um desconhecido teria feito. Era um fim de tarde. Meu irmão sentou-se na frente dos meus pais, deixou pairar um breve silêncio e então revelou seu novo projeto: iria se tornar Compagnon du Devoir, um companheiro do dever.

Lembro de ter pensado que eu não entendia o que aquela sucessão de palavras queria dizer, mas lembro de ela ter me impressionado. De todo modo, havia na combinação das palavras *compagnon* e *devoir* algo nobre e sério aos olhos da criança que eu era, algo que impunha respeito e silêncio.

Meus pais também não entenderam, então meu irmão nos explicou.

Ele explicou que os Compagnons du Devoir eram um grupo de elite que reformava e restaurava as construções mais importantes da Europa, castelos, catedrais, monumentos históricos, ele queria deixar claro que não se tratava de um trabalho de construção, não, era algo ligado à História, ele nos disse que os Compagnons du Devoir haviam restaurado a Notre-Dame de Paris e a catedral de Amiens — eu não sei, nunca verifiquei —, jurou que era graças a eles que hoje as catedrais se mantinham de pé e todo mundo podia visitá-las, que sem eles nada disso existiria mais, nada de História, nada de Grandeza, nada de Beleza, ele não usou essas palavras, mas foi o que nos comunicou, e acrescentou que se ele se tornasse um Compagnon du Devoir viajaria pela Europa inteira para restaurar construções históricas e castelos de países que nós não conhecíamos, regiões quentes com solo árido e cidades perdidas nas florestas, ele queria nos preparar, não o veríamos mais com frequência.

Ele esclareceu que a seleção para fazer parte dos Compagnons du Devoir era rígida e impiedosa, ele fantasiaria dessa mesma forma sua carreira de maior açougueiro da França, era importante para ele que soubéssemos que o que ele se preparava para fazer não era uma coisa normal, uma coisa que todo mundo faz todos os dias, mas uma coisa grandiosa, um destino, é isso, ele anunciava as premissas de um destino, não simplesmente um novo trabalho, não uma coisa tão banal e trivial quanto o início de uma carreira profissional, mas o começo da glória por vir.

Ele tinha ouvido falar de outras pessoas que tentaram ingressar nos Compagnons du Devoir e não conseguiram, ele não disse quem eram essas pessoas, mas disse que ele, ao contrário desses indivíduos imaginários, tinha grandes chances de conseguir, porque correspondia exatamente à descrição dos perfis buscados nos folhetos e no site dos Compagnons e, acima de tudo, era um rapaz inteligente, por toda parte diziam que ele tinha capacidades intelectuais superiores às das outras pessoas, e graças a isso ele chegaria lá.

Meu irmão fez um gesto em direção à sua mochila, imagino que para pegar o folheto, seus gestos eram febris, ele se curvou sobre a mochila, mas meu pai o interrompeu.

Meu pai limpou a garganta, "Espera, espera, espera dois minutos". Ele perguntou por que meu irmão estava falando tão depressa, por que estava partindo tão depressa, se voltava depois de vários meses de fuga, disse que aquilo não fazia sentido, meu irmão poderia fazer aquilo depois, por enquanto ainda devia ir para a escola tentar terminar o curso profissionalizante, além de tirar um diploma de operário de construção — ele não tinha nem dezenove anos e desde que tinha ido para a casa dos Boinet, desde sua errância, nunca mais tinha voltado.

Meu irmão respondeu

— eu já podia ver as lágrimas chegando a seus olhos, de raiva, de um impulso contido, lágrima nenhuma é igual a essas —

meu irmão respondeu que não tinha interesse na escola. Como todos os meninos do nosso mundo, ele achava que não tinha interesse na escola, sem ver que esse era o caso de todos os garotos à nossa volta e que, portanto, era um destino social que se impunha a eles, que a escola é que não os queria, que ela transformava a exclusão na ilusão de uma escolha. Mas, acima de tudo, de tudo, meu irmão disse que era tarde demais, que já estava resolvido. A mãe de seu amigo Pierre, na casa de quem ele morava, já tinha preenchido os formulários para sua inscrição — e foi nesse momento da conversa, quando ele deu essa notícia, que meu pai foi tomado por uma fúria irreprimível:

— O que você falou?

Ele olhou fixamente para meu irmão. Meu irmão repetiu, *Foi a mãe do Pierre. Eu pedi pra ela e ela preencheu os documentos pra mim.*

Meu pai o interrompeu — sempre seus olhos, sempre seu olhar:

— Mas você não tem mãe? Não tem família? Por que não pediu pra sua própria mãe cuidar disso? Você acha que somos incapazes ou o quê? Acha que somos imbecis?

Pois eu digo: até eu, com a idade que tinha, senti a injustiça e a incoerência que meu pai lhe atribuía. Como podia culpar meu irmão por buscar ajuda em outros lugares, sabendo que ele nunca recebia ajuda ali, em casa, que ele não vivia mais com a gente, que meu pai e minha mãe não o ajudavam? Não digo que eles foram os responsáveis, mas é um fato, eles não o ajudavam, viviam jogando-o para baixo, afundando sua cabeça debaixo d'água, eles insistiam em não ser nossos pais, e então, diante da notícia dos Compagnons du Devoir, eles o criticavam por ter procurado uma família em outro lugar.

Família é assim: primeiro ela te expulsa e depois te critica por fugir.

Meu pai não parava. Ele gritava que, por causa do meu irmão, a cidade inteira teria uma imagem péssima de nós, que ele nos fazia passar aos olhos dos outros por uma família de incapazes, e que, acima de tudo, ele insultava nossa mãe, já que a fazia passar por uma péssima mãe, como ele ousava, como podia ousar?

Meu pai concluiu seu monólogo dizendo que, de qualquer modo, proibia meu irmão de se inscrever no Compagnons du Devoir. Ele o impediria, mesmo que para isso fosse preciso amarrá-lo na cama. Repetiu, queria primeiro que meu irmão voltasse para a escola por algum tempo, para fazer suas provas, depois ele poderia fazer outra coisa. A taxa para se matricular no curso era alta — não sei se é verdade, nunca verifiquei também — e meu pai disse que não tinha esse dinheiro. Seria preciso se endividar com uma dessas agências de empréstimos para pobres que pedem o dobro da quantia emprestada como pagamento, meu pai disse que não podia fazer um empréstimo para uma pessoa tão instável como meu irmão, correr esse risco por uma pessoa como ele — o comentário da minha mãe quando ela me contou essa passagem há alguns dias: "Não defendo seu pai, mas o entendo. Não podíamos correr o risco de nos endividar pelo seu irmão, que mentia o tempo todo, roubava, não ia pra escola. Ele fingia que ia pra escola de manhã e saía com os amigos para beber cerveja. Ele mentia. Ele iria fazer a mesma coisa nos Compagnons du Devoir, com certeza, ficaríamos arruinados por nada", e também vejo a legitimidade do que ela me disse, eu a entendo, não sei, tudo é complicado nessa história, todo mundo tem razão, todo mundo está errado.

O que vejo — e o que vou dizer é importante para compreender meu irmão, acho — é que no nosso mundo nós não podíamos tentar, enquanto em outros mundos os erros são possíveis, e digo a mim mesmo — é apenas uma hipótese, agora é tarde demais —, digo a mim mesmo hoje que se meu irmão tivesse crescido em outro mundo nossos pais teriam dado a ele o dinheiro necessário para o curso, eles conseguiriam fazer isso, e talvez ele não o terminasse, talvez o abandonasse ou mentisse como tinha feito na escola, mas talvez o terminasse, e talvez esse curso tivesse mudado sua vida, talvez ele tivesse se tornado outra pessoa, talvez tivesse sido mais feliz, mais equilibrado, essas coisas que dizem, e talvez graças a essa nova felicidade ele não tivesse se afundado, e não tivesse morrido, não saberemos jamais, porque em nosso mundo experimentar não era algo possível, depois eu vi no mundo daqueles que vivem com conforto e com dinheiro que alguns de seus filhos eram como meu irmão, alguns bebiam, alguns roubavam, alguns detestavam a escola, alguns mentiam, mas seus pais procuravam coisas para ajudá-los e para tentar transformá-los, lhes ofereciam um curso de confeitaria, de dança, de atuação em uma escola de teatro fraca e caríssima, eles tentavam, e é assim a Injustiça, há dias em que a Injustiça me parece nada mais do que a diferença de acesso ao erro, a Injustiça me parece nada mais do que a diferença de acesso às tentativas, sejam elas fracassadas ou exitosas, e fico tão triste, tão triste.

Meu irmão baixou os olhos e suspirou, mais um suspiro longo — é uma imagem que me vem de repente, como se todos os suspiros de desespero o tivessem esvaziado progressivamente de sua vida e de sua energia vital, como se isso o tivesse conduzido para a morte, todos esses suspiros saídos dele cedo demais, como se sua vida existisse em algum lugar dentro dele sob a forma de uma reserva de oxigênio definida e limitada e meu irmão tivesse esvaziado essa reserva cedo demais.

Meu irmão ainda tentou implorar para o meu pai, mas meu pai não o ouviu.

Dias depois, seu amigo Pierre nos contou que ia começar o curso no Compagnon du Devoir.

Meu irmão não.

Ele não.

Falei sobre a cena dos Compagnons du Devoir com Angélique, uma mulher que meu irmão amou e com quem viveu por cerca de um ano. Ela hesitou e enfim me disse:
"Olha,
    eu preciso te dizer umas coisas. Não é da minha conta, talvez eu nem devesse me meter,
    mas preciso te dizer: eu não aguentava mais ver seus pais humilhando vocês.
    Lembro de ter pensado um dia: Nessa família, os pais humilham como se respirassem.
    Por quê? Por que ter filhos para depois viver humilhando-os?
    Era o tempo todo, em todo lugar. Ele
    — isto é, seu pai, principalmente seu pai —
    ele chamava seu irmão de preguiçoso, inútil, incapaz, fracassado — palavras que normalmente não são usadas para falar dos próprios filhos, há palavras que não cabem em algumas situações, e eu pensava: Como podem dizer palavras desse tipo para os filhos?
    E seu irmão, que já era frágil, seu irmão foi destruído. Quebrado. Ele ficou em pedaços. Quando eu estava sozinha com ele, tentava consertá-lo, mas
    quando um vaso se quebrou muitas vezes,
    você sabe?

quando um vaso se quebrou muitas vezes, um dia se chega a um limite a partir do qual não dá mais para consertá-lo, não importa o que se faça.

Não cola mais.

Um dia é tarde demais.

Bem.

Às vezes eu não entendia.

Seu pai vivia dizendo ao seu irmão que ele não fazia nada, mas quando seu irmão fazia alguma coisa seu pai estourava com ele, de forma ainda mais violenta, ainda mais — como posso dizer? — perversa.

Quando seu irmão quis se tornar açougueiro, seu pai riu dele. Quando seu irmão quis entrar para os Compagnons du Devoir, seu pai riu dele. Quando seu irmão sonhava, seu pai dava risada.

Era a mesma coisa com você, lembra?

Quando você quis cursar o ensino médio, seu pai tentou desencorajá-lo.

Não sei se você se lembra, você era muito jovem, no dia em que você foi aceito no colégio ele escondeu a carta que chegou para você com a notícia. Ele a escondeu o verão todo. Simples assim. Para te fazer mal. Apenas pra que você passasse o verão sofrendo, pensando que não tinha sido aceito na escola para qual queria tanto ir. Catorze anos e um verão inteiro perdido, sofrendo. Esse tipo de coisa não tem como recuperar.

E eu pensava: É o primeiro filho dessa família que vai cursar o ensino médio, que vai começar a estudar, e o pai o humilha. Será que ele não poderia sentir orgulho?

Eu ficava com raiva da sua mãe por não dizer nada.

Ou, pior, por às vezes se aliar ao seu pai.

Eu olhava para ela e pensava: Eu não aguentaria que tratassem meus filhos assim se eu fosse mãe.

Mas eu não falava nada, seus pais teriam me respondido: Por que você está se metendo?

E eu não poderia criticá-los por dizer isso.

Por que você está se metendo?

À noite, quando seu irmão se encontrava comigo ele cobria o rosto com as mãos e me perguntava

Por que minha mãe não fala nada? Por que ela não me defende?

Eu respondia Sabe, sua mãe é prisioneira do seu pai,

ela fica o dia inteiro em casa presa,

ela não pode falar nada. Ele a humilha também. É duro pra ela.

Eu falava tudo isso mas não era o que eu pensava.

Falava apenas pra tranquilizar seu irmão.

Pensava: Eu não deixaria ninguém tratar meus filhos desse jeito se eu fosse mãe.

Se eu fosse mãe, eu iria embora, mesmo que tivesse que dormir na rua ou voltar pra casa dos meus pais.

Eu seria uma leoa se eu fosse uma mãe."

Eu queria poder responder a Angélique que a história da nossa família parecia uma tragédia.

Meu pai sofria com a pobreza e com a vida na fábrica e era grosseiro com minha mãe. Minha mãe era submetida a essa violência do meu pai e era grosseira com a gente. Havia dias em que ela faria qualquer coisa para que a violência do meu pai contra ela se abrandasse; se unia a ele (lembranças em que meu pai tirava sarro de mim e minha mãe ria, seus dentes apareciam de repente, e eu não entendia como ela podia se aliar a ele quando na véspera ele tinha tirado sarro dela, chamando--a de A Gordona, por exemplo, ou de Vaca Gorda, eu não entendia como ela podia pactuar com alguém que lhe fazia mal, mas vejo agora que o que eu considerava um paradoxo era na realidade uma consequência lógica, e que era justamente porque meu pai a humilhava que ela se aliava a ele, que não havia nisso nenhuma contradição, mas, ao contrário, uma evidência perfeita, uma causalidade clara, ela se aliava a ele para deslocar para os outros, por algumas horas, por alguns minutos, o sofrimento que ele lhe impingia). Eu sofria com essas traições da minha mãe, assim como meu irmão sofria, e essa situação nos levava a ser rudes com ela — quando meu irmão morou com os Boinet, contou a eles histórias sobre a nossa mãe, sobre o que ele julgava ser falta de higiene, sobre a sua negligência com os filhos, as histórias se espalharam e na rua começaram a olhar torto para a minha mãe.

Minha mãe sofria por causa de nossa rudez com ela e se tornava ainda mais tensa, ainda mais impaciente. Meu pai se sentia sufocado nessa atmosfera familiar, mesmo sendo ele o responsável por inaugurar o ciclo de violência no ambiente doméstico, eu via em seus olhos que ele queria fugir, ir para longe da família, ser jovem e livre novamente, via sua melancolia e o amargor no qual a melancolia se transformava, eu sofria com essa atmosfera, meu irmão sofria com ela, nós fazíamos nosso pai sofrer de volta, e a situação piorava.

A violência circulava entre nossos corpos como um fluxo, como uma corrente elétrica.

Ela estava por toda parte, não pertencia a ninguém.

Eu gostaria de dizer a Angélique que, portanto, nem todo mundo nem ninguém era responsável, que a realidade estava em outro lugar.

(Nota de 27 de junho de 2023: Encontrei minha mãe ontem e falei sobre a agressividade do meu pai, que marcou a infância e a adolescência do meu irmão. Ela suspirou:

— É verdade...

Ela disse que meu pai costumava ter ataques de raiva violentos e imprevisíveis, e que entende agora que esses comportamentos possam ter ferido meu irmão. Ela fez uma pausa de alguns segundos e recomeçou:

— Como quando ele cortou a água, lembra...

Eu disse que não, e ela me lembrou do que tinha acontecido: um dia, meu pai tirou a torneira da banheira para que não pudéssemos mais usá-la, alegando que as contas de água estavam muito altas, mas, na verdade, segundo ela, ele só fez isso pelo prazer de nos humilhar:

— Não podíamos mais tomar banho, que idiotice. Seu irmão, que era adolescente, não aceitou. Com essa idade você quer namorar, conhecer garotas, é normal, estar limpo é importante. Dizíamos isso ao seu pai, mas ele respondia: Tomar banho uma vez por semana é o suficiente. Ele queria nos humilhar, claro. Você vê? Não ter mais direito de tomar banho na própria casa. Seu irmão inventou um sistema para ligar a água mesmo assim, fazíamos isso quando seu pai saía. Mas não era fácil.

Eu tinha esquecido disso, me lembrei ouvindo minha mãe.

Talvez alguma coisa na maldade do meu pai não se explicasse apenas por sua situação ou por sua vida. Talvez existisse nessa maldade um elemento mais sombrio, intangível.)

FATO NÚMERO 6

A vida do meu irmão parece a imagem infinitamente repetida de um corpo se debatendo em areia movediça: quando ele tentava escapar, afundava.

Ele sonhava com uma vida gloriosa, seus sonhos colidiam com a realidade e o feriam; no fundo, quanto mais sonhava, mais sufocava.

Bebia para se sentir melhor e o álcool o prendia a seu destino; ele mesmo tinha dito à minha mãe meses antes de morrer: "Eu bebi para me libertar e o álcool se tornou minha prisão".

Seria pelo mesmo motivo que ele começou a ficar violento logo depois de ter entendido que não faria parte dos Compagnons du Devoir?

Será que a violência repentina era para ele, como seus sonhos desmesurados ou como a bebida, uma maneira de escapar de sua Ferida e de seu sentimento de impotência?

Será que ao ser violento ele tinha a ilusão de ser dono não apenas de sua vida, mas também da dos outros?

Não tenho certeza de nada, mas uma noite meu irmão bebeu e entrou na casa de Isabelle, uma mulher que era chamada de A Perturbada por causa das histórias que inventava na praça da prefeitura e da igreja; todas as cidades pequenas têm personagens assim. Ninguém sabe exatamente como as coisas aconteceram, mas, vamos lá, meu irmão, que ainda vivia na casa de seu amigo Pierre, bebeu e foi para a rua sozinho, no meio da noite; caminhou até a casa de Isabelle e arrombou a porta para entrar.

Imagino o que aconteceu com base nos elementos de que disponho. Meu irmão foi até o quarto, cambaleando. Chegou à porta, procurou o interruptor perto do batente e acendeu a luz; ele gritou:

— Surpresa, Isabelle!!!!!!!!!!!!!

Eram duas da manhã. Isabelle não se assustou. Ela respondeu, com os olhos bem abertos:

— O que você está fazendo na minha casa?

Ela até parecia estar rindo um pouco. Meu irmão teve a certeza de ter visto um leve sorriso em seu rosto, foi o que contou ao meu pai depois.

Achou que ela o estava encorajando.

— Vim fazer uma surpresa de amor pra você, minha Isabellinha — naquele tom bem alto que meu irmão falava quando bebia, com seu jeito festivo.

Isabelle olhava para ele:

— Talvez seja um pouco tarde pra uma surpresa, não acha?

Meu irmão se sentou no colchão, perto dela. Tentava ignorar o olhar de Isabelle, que poderia levá-lo a confrontar o que estava fazendo, se aproximou e disse frases que achou engraçadas, frases que eu já tinha ouvido ele dizer na minha frente para outras mulheres quando estava bêbado, de maneira menos violenta, mas com as mesmas palavras:

— Você sabe que me excita, Isabelle, juro, é verdade, sempre te desejei, nunca consegui te falar, mas, sinceramente, você é bonita demais, por isso vim aqui esta noite.

De repente ele pôs as mãos nela e cochichou em seu ouvido:

— Tem certeza de que não quer fazer amor comigo, minha Isabellinha?

Nessa hora imagino que Isabelle não tenha rido, mas meu irmão continuou. A partir do momento em que pôs as mãos nela, imagino que ela tenha parado de rir, que o medo tenha substituído a surpresa e a confiança em seu rosto, mas meu irmão não se importou.

Ela tentou empurrá-lo:

— Você tá louco, sai da minha casa! Sai daqui! O que você está fazendo aqui? Você não tem direito de estar aqui, vou chamar a polícia se você não sair.

Ela o empurrou, mas meu irmão não se importou com seus protestos, que viraram raiva, com sua raiva, que virou terror, imagino a respiração morna dele e o cheiro de álcool no rosto aterrorizado de Isabelle, eu o imagino continuando:

— Vamos, Isabelle, eu sei que você quer, você vai ver, você vai gostar, é sério, eu tenho um enorme.

Eu não estava lá, repito, só posso imaginar o que pode ter acontecido, talvez a imaginação me afaste da realidade da mesma forma que me aproxime dela, mas conheço muito bem a alegria que garotos como meu irmão sentem quando agridem, a leveza que têm quando veem que a presa à sua frente caiu na armadilha e está sofrendo, é a mesma excitação que aparecia no rosto dos meninos da escola que me batiam e me chamavam de *viado imundo*, essa cena aconteceu quase todos os dias da minha infância, e quando esses meninos que me esperavam no corredor para me fazer reviver a mesma cena de novo e de novo apertavam meu pescoço com as mãos, por exemplo, e viam que as lágrimas subiam em meus olhos, não de tristeza, mas porque eu não tinha mais oxigênio, quando eles viam essas lágrimas aparecerem, o prazer se desenhava neles, minhas lágrimas os faziam sorrir, porque eram a prova de sua força, e é o mesmo sorriso que imagino no rosto do meu irmão diante do medo de Isabelle.

Esse medo o encorajava a ir mais longe.

Ele tinha que ir mais longe.

Ele refletia.

Então, meu irmão teve uma ideia: se aproximou um pouco mais de Isabelle, segurou a blusa do pijama dela com as mãos e deu um puxão bem forte e rápido para tentar rasgá-la.

Agora ela estava à disposição dele.

Agora mais nada se interpunha entre ele e ela.

Isabelle deu um grito tão alto que acordou seus filhos no quarto ao lado. Eles choravam, *Mamãe, mamãe*, e meu irmão deve ter pensado que não tinha muito tempo. Meu irmão deve ter começado a não se sentir tão bem, a dizer a si mesmo que estava fazendo uma coisa errada, gritos de crianças são uma realidade difícil de negar, mas ele não podia parar, porque enfim tinha se decidido, acho, enfim estava no controle. Ele pôs as mãos no corpo de Isabelle, que tentava empurrá-lo, Vamos, Isabelle, tira sua calcinha, Vai, Isabelle, você vai gostar, é sério, boneca, juro, é sério — até o momento em que o marido de Isabelle apareceu. Ele estava de volta do seu turno da noite e, quando surgiu, surpreendeu meu irmão no quarto, diante da mulher dele em lágrimas, tendo como barulho de fundo os gritos dos filhos.

Já não imagino, me lembro: menos de vinte e quatro horas depois, o marido de Isabelle veio bater na nossa porta; agora ele estava frente a frente com minha mãe, e quando disse a palavra *estupro*, quando as palavras *polícia* e *queixa* saíram de sua boca, vi minha mãe cobrir o rosto com as mãos.

Meu pai estava perto dela. Disse que não iria defender meu irmão, que ele devia assumir seus atos e que, se a Justiça o condenasse, sua pena lhe serviria como lição. Minha mãe não disse nada, mas vi a ansiedade invadi-la nos dias que se seguiram. Eu a surpreendi, olhando fixamente para o chão e repetindo, como numa prece invertida, Não é verdade não é verdade não é verdade.

Um defensor público foi designado para meu irmão. Ele compareceu ao tribunal, onde se defrontou com Isabelle e seu marido. A juíza lhe deu apenas uma advertência: na próxima vez em que cometesse um delito, iria para a prisão.

Muito tempo antes de sua morte, talvez doze ou treze anos mais cedo, quando eu tinha dezessete anos e ele vinte e seis, me mudei para um apartamento a cerca de um quilômetro da quitinete em que meu irmão morava. Era o meu primeiro apartamento, a primeira vez que entrei num espaço que seria meu, longe da minha família, e eu estava muito ansioso. Os proprietários disseram que precisavam pintar as paredes e o teto antes de eu me mudar, mas não quis esperar: propus pintar eu mesmo.

Eu me mudei e no dia seguinte a proprietária deixou as latas de tinta em frente à porta. Tentei pintar, mas o resultado foi desastroso: gotas grossas se formavam e se solidificavam na parede, não conseguia deixar a superfície lisa e branca de uma parede normal, a tinta escorria pelo meu rosto, cabelo, eu não sabia como pintar um teto sem que a tinta pingasse imediatamente no chão. Desisti e me sentei no meio do apartamento, que por minha causa parecia um canteiro de obras devastado.

Fiquei pensando e lembrei do meu irmão. Sabia que ele morava a apenas algumas centenas de metros de mim e que saberia fazer isso.

Por vários dias seguidos ele pintou, silencioso, concentrado no que estava fazendo. Ele, que bebia o tempo todo, dessa vez não bebeu, punha a língua um pouco para fora da boca e a mordia de leve enquanto pintava e me dizia: Tá vendo, é assim que se faz, viu, é assim. Ele ria.

No último dia, na hora de ir embora, com o rosto enquadrado pelas paredes perfeitamente brancas que acabara de pintar, ele me disse: Você é meu irmãozinho. Quando precisar de mim, me chama que eu venho ajudar. Eu sempre vou te ajudar.

Outra coisa
   (antes que seja tarde):
   Quando recebi a carta que dizia que eu tinha sido aceito no colégio em que eu passaria três anos e que representaria meu afastamento definitivo da minha família e do meu meio social, tive vontade de ir a um evento no colégio antes do início das aulas. Estava preocupado e dizia a mim mesmo que eu precisava ir conhecer, que minha adaptação àquele novo mundo seria mais fácil se eu tivesse, antes de começar, alguma ideia daquele mundo — talvez fosse uma precaução estúpida, mas eu estava convicto; eu tinha catorze anos. Pedi para meu pai me levar e ele se recusou. Meu irmão estava ali, na sala. Eu só soube mais tarde, mas nos dias que se seguiram ele se empenhou, contatou pessoas à sua volta, ligou para os amigos, incansável para encontrar alguém que pudesse me levar. Finalmente convenceu Angélique, a amiga da minha mãe com quem ele tinha um relacionamento nessa época, a pedir uma folga no trabalho. Ele me acompanhou. No trajeto se virava para mim e dizia: *Não vou deixar o papai destruir você como ele me destruiu*. Ele franzia as sobrancelhas e apertava bem os lábios. Não deixarei nossos pais fazerem com você o que fizeram comigo.
   Meu irmão vivia aterrorizado com a possibilidade de que um dia minha vida fosse como a dele.

Minha irmã estacionou o carro na frente da casa e descemos; senti a terra molhada e o cascalho sob meus pés; o vento estava saturado com a mesma umidade da terra.

Caminhei ao lado da minha mãe. Tentei adivinhar em seu rosto as emoções que a atravessavam. Minha irmã abriu a porta e quando entramos pediu que seus dois filhos fossem brincar no quarto deles, porque teríamos uma *conversa de adultos*; olhei para eles se afastando e me lembrei de como, na idade deles, eu detestava essa obscuridade entre o mundo das crianças e o dos pais. Nesse dia eu gostaria de ter ido com os dois para o quarto para fugir do peso da conversa, ter o privilégio da infância, isto é, o privilégio da leveza e do sumiço legítimo. A escuridão da noite e o frio tentavam se infiltrar na casa, desaceleravam o tempo; a televisão atrás de nós murmurava vozes alegres e gargalhadas.

Eu pensei: *A casa parece um animal que luta contra o frio*. Pensei em coisas irrelevantes. Não conseguia pensar na morte do meu irmão.

Sentamos e minha irmã suspirou; ela disse que era preciso organizar o enterro. Falou como alguém tentando reunir os elementos disparatados de uma mesma história:

— Ele iria gostar de uma cerimônia na catedral de Amiens. E concordamos com mamãe que o melhor seria enterrá-lo com nossos avós, é do que ele iria gostar, ele os adorava.

De canto de olho, eu via minha mãe de olhos baixos e assentindo com a cabeça, sim, sim. Minha irmã explicou que iria à funerária no dia seguinte para escolher o caixão e as placas para o túmulo. Iria telefonar para a prefeitura da cidade onde nossos avós tinham sido enterrados para saber se era possível pôr o corpo morto do meu irmão na sepultura deles; ela não sabia como fazer isso: era preciso ir à prefeitura ou apenas à funerária, que lhe explicaria os próximos passos? Será que era preciso obter autorizações, ligar de novo para o hospital? Minha mãe abriu bem os olhos, parecendo alucinada, e respondeu, *Eu não sei*.

A morte exige um aprendizado rápido.

Minha irmã recomeçou: vai precisar comprar o caixão, claro, e as placas, mas também as flores, tudo isso vai custar caro. Ela se virou para mim e perguntou:

— Depende, quanto você poderia dar, Édouard?

Todos os olhares se voltaram para mim. Tentei ganhar tempo, mesmo tendo entendido perfeitamente a pergunta, e balbuciei, *O quê, quanto?*

Minha irmã me olhou mais intensamente:

— Quanto dinheiro você consegue dar pro enterro do nosso irmão?

Minha mãe suspirou à minha esquerda:

— Vou ver o que consigo fazer, mas a verdade é que não tenho nada.

Me senti mal por ela. Segurei sua mão e disse: "Não se preocupe, eu vou ver isso, você não precisa fazer nada".

Percebi que elas, minha mãe e minha irmã, devem ter conversado sobre isso no hospital. Devem ter dito que eu é quem vivia em Paris, quem ganhava dinheiro, o mais privilegiado da família, e que, portanto, poderia pagar a maior parte do enterro. Minha irmã deve ter dito que, afinal, eu era o traidor, quem tinha ganhado dinheiro escrevendo livros sobre a família, e que já era tempo de eu quitar minha dívida, talvez ela não tenha formulado isso de forma tão clara e tão direta, mas pensava assim, eu tinha certeza, via em seus olhos.

Tentei dizer alguma coisa e falei: "Mas existem auxílios do Estado. O Estado se encarrega do enterro de pessoas que não têm dinheiro".

Eu sabia disso, tinha lido em algum lugar um dia.

O corpo da minha irmã se enrijeceu todo — e os olhos das duas voltaram-se para mim como censuras vivas; minha irmã disse que não era possível. Disse que se aceitássemos a ajuda do Estado não poderíamos escolher nem o caixão nem a data do enterro, nem o lugar onde meu irmão seria enterrado, tudo seria decidido pela administração que cuida dessas questões e não por nós, em função do que fosse mais barato, todo mundo sabe disso, ela disse: *Todo mundo sabe que é assim que funcionam os enterros feitos pela assistência social.* Eu repliquei, *Mas que diferença faz, se ele já está morto?*, e minha irmã me lançou um olhar de repulsa, ela me desprezava, seus olhos eram como ganchos cravados em mim, como lâminas na minha carne, *Mas você quer deixar ele ser enterrado assim, como um cachorro? Você deixaria seu irmão ser enterrado como um cachorro?*

O silêncio em volta era total. A verdade é que sim, eu teria deixado que ele fosse enterrado como um cachorro.

Eu sabia que as pessoas concordavam com a minha irmã, mas me defendi, me senti muito sozinho, disse que preferia dar o dinheiro para minha mãe, que precisava dele. Fazia vários meses que eu a ajudava a pagar o aluguel, eu tinha comprado os móveis dela, lhe mandava dinheiro para comprar roupas, eu disse que achava ridículo gastar dinheiro com um morto, quando esse dinheiro podia ser usado para ajudar uma pessoa viva, e é verdade, eu não disse isso apenas para convencer minha irmã, eu pensava assim de verdade. Pensei em minha mãe e em tudo o que ela poderia fazer com aquele dinheiro que seria usado por alguém que nem aproveitaria, já que estava morto, já que não tinha mais um olhar, nem consciência, nem sensações, eu disse que não acreditava na ideologia das cerimônias fúnebres e que gastar dinheiro com isso, com a morte, era absurdo — e dentro de mim, devo confessar, eu estava paralisado de medo. Pensei: Talvez meu irmão esteja ouvindo. Talvez esteja ouvindo o que estou dizendo e venha me assombrar como vingança. Talvez ele volte para me perseguir.

Pela primeira vez acreditei em fantasmas.

Minha irmã falou bem alto: *Mas é o meu irmão!!!!* Ela repetiu, como se dissesse para si mesma: *Eu não posso deixá-lo apodrecer como um cachorro, não vou deixar meu irmão apodrecer como um cachorro, eu não consigo*, e eu tentei convencê-la, disse que ela também poderia dar o dinheiro para a minha mãe, o dinheiro que ela planejava gastar com o enterro, já que de todo modo o enterro poderia ser custeado com o auxílio, não era como se a gente fosse deixar meu irmão apodrecer, talvez em outros países as coisas fossem diferentes, mas aqui na França ainda existem sistemas de assistência mais ou menos eficazes, eu disse: até eu, no dia em que morrer, proíbo que gastem dinheiro para me enterrar, podem me enterrar em qualquer lugar, em qualquer dia, eu não ligo. O fluxo de palavras continuava a emanar do lugar onde minha irmã estava, sua voz mais aguda que o normal: *Mas foram os últimos pedidos dele, são os últimos pedidos do nosso irmão! Ele queria ser enterrado perto da família e ter uma cerimônia na catedral, foi o que ele pediu.*

Eu a deixei terminar e soltei um suspiro: *Mas tudo isso não quer dizer nada, os últimos pedidos dele*, eu suspirava e via que minha irmã me odiava. Eu conseguia sentir o que ela queria me dizer, que pagar o enterro era o mínimo que eu podia fazer, eu que tinha traído a família, via os lábios dela esboçarem os movimentos e logo depois pararem para não criar um conflito num dia como aquele. Ela estava se contendo, mas não era a única a se conter, eu também estava me contendo, eu também não podia dizer o que pensava, era como uma cena em que nenhum dos protagonistas podia dizer o que pensava de verdade, eu disse: *Não concordo, não gosto de nada disso, a cerimônia, os últimos pedidos, tudo não passa de conversa de padre, é ridículo* — foi o que disse em voz alta, mas dentro de mim eu pensava: Eu não amo meu irmão, nunca amei. Pensava: Por que eu deveria me esforçar por alguém que passou a vida toda querendo me fazer mal, que bateu em mulheres, que bateu em animais, que deixou o próprio cachorro paraplégico por chutá-lo nas noites em que bebia?

Minha irmã soltou um longo suspiro, mais um:

— Então, quanto você pode dar?

Respondi quatrocentos euros, talvez quinhentos, não mais. A cerimônia custava cinco mil euros no total. Minha irmã insistiu: *Tem certeza de que não pode dar mais?* Foi o que perguntou, mas seu olhar dizia: Sei que você pode dar mais dinheiro. Expliquei que eu não recebia salário, que eu precisava guardar o dinheiro que tinha ganhado para poder continuar trabalhando — não ousei dizer: escrevendo —, que eu não tinha como saber se iria ou não ganhar dinheiro nos anos seguintes, que o dinheiro é uma dimensão muito incerta considerando o que faço — eu não disse: escrever — e tentei medir ou, melhor, pesar as palavras para não ferir minha mãe, que durante toda a conversa continuava ali à minha esquerda como um fantoche desarticulado, olhando para o vazio, pesei as palavras, essa expressão nunca foi tão verdadeira, tentei empregar apenas as mais leves, as que não pesariam no corpo da minha mãe já vergado, já curvado.

Minha irmã deu de ombros. Os traços de seu rosto formaram uma leve careta e ela pôs fim à conversa dizendo que usaria suas economias, que além da quantia que eu daria e do dinheiro que iria recolher no dia da cerimônia com a família, primos, tias, ela poderia juntar dinheiro suficiente para pagar tudo. Tentei uma última vez persuadi-la a guardar o que tinha para ela e seus filhos, mas ela nem ouviu o que eu disse.

Senti vergonha. Sentiria menos vergonha dias mais tarde, quando soube que, com exceção dela, meus outros irmãos e minha outra irmã tinham se recusado a pagar qualquer coisa. Será que meu irmão havia conseguido criar uma rejeição tão forte em torno de si?

Eu me levantei e sugeri buscar o jantar para toda a família na pizzaria da cidade; tinha visto onde ficava quando chegamos. Convidei o filho da minha irmã para ir comigo. Ele tinha acabado de fazer nove anos. Eu disse que ele me ajudaria a carregar as sacolas e que a caminhada arejaria sua cabeça; na verdade, era a minha cabeça que eu precisava arejar.

Diálogo imaginário com o fantasma do meu irmão

O FANTASMA: então você está escrevendo sobre mim?

O IRMÃO: é sobre mim que estou escrevendo.

O FANTASMA: no entanto, é da minha vida que você está falando.

O IRMÃO: sua vida, minha vida, o destino misturou tanto as duas que não dá mais para divisar a fronteira. Se você me impedir de escrever sobre você, me impede de escrever sobre mim.
E você não tem o direito de fazer isso.

O FANTASMA: você vai machucar nossa mãe.

O IRMÃO: e ela também não nos machucou?

O FANTASMA: achei que não infligir aos outros o que lhe infligiram fosse uma questão de honra para você.

O IRMÃO: e quem sabe a diferença entre o que machuca e o que liberta?

O FANTASMA: você está brincando com as palavras.

O IRMÃO: e as palavras brincaram com a minha vida. Esta é a minha vingança.

O FANTASMA: você lembra do dia em que fui pintar o teto do seu apartamento?

O IRMÃO: lembro. De repente você estava tão calmo. Como um lago tranquilo. Você mordia a ponta da língua para se concentrar. E dizia, bem baixinho, Tá vendo, é assim que se faz. Assim.

O FANTASMA: essa não é justamente a prova de que eu sabia ser uma boa pessoa?

O IRMÃO: eu não sabia que toda aquela calma podia surgir de você.

O FANTASMA: isso não fazia de mim uma pessoa de bem?

O IRMÃO: não acho que seja suficiente.

O FANTASMA: ...

O IRMÃO: você tem medo?

O FANTASMA: medo de quê?

O IRMÃO: medo do que vou escrever sobre você.

O FANTASMA: eu estou morto.

O IRMÃO: um morto sente medo?

O FANTASMA: se você teme meu medo, então escreva outra coisa. Mostre-me de outro jeito. Torne-me mais amável. Não manche minha memória.

O IRMÃO: mas você não vê que sob cada gesto seu de violência eu também o mostro destruído? Não vê o que tento fazer ao contar sua vida? Quanto menos torno você amável, mais o ofereço para a compaixão e para a justiça.

O FANTASMA: não acho que seja suficiente.

O IRMÃO: vá embora; me deixa em paz. Não sei mais quem assombra quem, se o vivo ou o morto.

Meu irmão já não fazia parte da nossa vida. Ele reaparecia às vezes em telefonemas para minha mãe ou em visitas rápidas que lhe fazia, normalmente quando ela estava sozinha em casa. Sabia que meu pai não queria mais falar com ele desde o que tinha feito na casa de Isabelle. Meu pai detestava a ideia da delinquência, o que era uma forma de não estar no nível mais baixo da escala social: ele era pobre, mas não bandido. Meu irmão havia quebrado esse equilíbrio frágil e por essa razão meu pai não estava apenas com raiva, ele sentia medo: medo de que meu irmão nos levasse com ele lá para a parte *mais baixa* do mundo.

Já aos vinte anos meu irmão tinha vivido tanto, entre seus desaparecimentos, suas intimações ao tribunal, seus sonhos, que estranhamente todos os seus fracassos e sofrimentos davam à sua vida uma profundidade maior.

Meus pais não sabiam bem o que ele fazia e o que estava se tornando, mas foram informados de um novo aspecto da vida dele, meu irmão tinha começado a ter contato com meu primo Sylvain, da mesma idade que ele, mas que já havia passado várias temporadas na prisão. Minha mãe, quando fala disso hoje, acha que essa aproximação foi decisiva: "Como você ia querer que ele saísse dessa se só convivia com pessoas assim? Sylvain se drogava, todo mundo sabia, e seu irmão o via como modelo. Imitava ele. Nessa idade ele tinha um bom amigo chamado Godzilla, ele era sério, um trabalhador de verdade, um menino muito legal, calmo. Ele poderia ter ajudado seu irmão. Mas seu irmão preferia ficar com o Sylvain a ficar com ele. Tem alguma coisa que eu não entendo nessa história".

Nessas circunstâncias, meu pai instituiu uma regra: minha mãe não podia dar dinheiro ao meu irmão. Ele sabia que nas vezes em que meu irmão ia vê-la, quando estava sozinha, ele pedia dinheiro, dizendo que era para comer ou para ajudar os amigos na casa de quem morava a pagar as contas, mas meu pai tinha certeza de que ele mentia e de que usava o dinheiro para comprar bebida e droga.

Meu pai foi categórico: se visse minha mãe dando dinheiro ao meu irmão, tomaria o cartão do banco. Ela não teria mais autonomia nem liberdade. Paradoxalmente, meu irmão nunca esteve tão presente quanto nesse intervalo de alguns meses. O cotidiano da minha mãe, seu comportamento, suas atitudes se transformaram radicalmente por causa dele: olhar para ela era como vê-lo. Eu a surpreendia mordendo o lábio inferior e encarando o campo pela janela, angustiada; eu sabia que estava pensando nele. Sobretudo a via ir ao supermercado para o meu irmão. Foi o jeito que ela encontrou de continuar ajudando-o sem lhe dar dinheiro. Quando ela voltava para casa colocava num caixote de madeira pacotes de macarrão, arroz, chocolate em pó, ovos. Meu irmão batia na porta, geralmente tarde da noite, não entrava para evitar meu pai, minha mãe saía na rua com os pacotes de comida para dar a ele e meu irmão desaparecia. Sua silhueta sumia na noite.

Não me lembro de ele dizer obrigado. Eu me lembro do silêncio.

Meu irmão não fazia mais parte da nossa vida. Ele reaparecia às vezes em telefonemas para minha mãe ou em visitas rápidas que lhe fazia, normalmente quando ela estava sozinha em casa.

Meu irmão não fazia mais parte da nossa vida. Ele reaparecia às vezes em telefonemas para minha mãe ou em visitas rápidas que lhe fazia, normalmente quando ela estava sozinha em casa.

FATO NÚMERO 7

A esperança voltou com Angélique, uma amiga dos meus pais.

Certa tarde, Angélique disse que queria ter uma conversa *séria* com eles.

Muito bem, ela não ia usar subterfúgios ou metáforas: ela tinha se aproximado do meu irmão fazia algumas semanas. Ela e ele tinham amigos em comum, costumavam se cruzar, meus pais sabiam disso, mas se ela estava ali, diante deles, é porque havia acontecido alguma coisa a mais.

Havia sido meu irmão que tinha dado o passo para essa mudança. Por meses, sem que meus pais desconfiassem, quando meu irmão encontrava Angélique dizia que ela estava bonita, que ele não podia olhar para ela sem ser tomado por um desejo irreprimível de beijá-la.

Angélique jurou que havia tentado afastá-lo. Ela tinha dez anos a mais que ele, ela não podia, *É uma coisa que não se faz, né?* Ela disse ao meu irmão que não podia dormir com o filho de amigos tão próximos, mas meu irmão não desistia. Prometia que a faria feliz. Garantia que nunca tinha visto um cabelo como o dela, nem olhos como os dela, ele a desejava; Angélique jurou que tinha feito de tudo para mantê-lo afastado, mas pediu que a entendessem, ela estava saindo de um rompimento amoroso que quase a despedaçara, ela queria muito ser amada e, por conta dessa situação, não fora tão forte quanto deveria ter sido: ela havia cedido.

Ela tinha dormido com o meu irmão.
Ela estava arrependida.

Depois dessa explicação Angélique recuperou o fôlego. Olhou para os meus pais, ansiosa. Esperava receber críticas e até, diria mais tarde, demonstrações de raiva, mas aconteceu o contrário.

Meu pai sorriu; disse que era maravilhoso. Ele não via problema, estava até feliz, feliz que ela tivesse se apaixonado, feliz que meu irmão, tão instável e incontrolável, tivesse a chance de ter uma mulher *como ela*. Disse que estaria disposto a rever meu irmão se ele tivesse um relacionamento com Angélique.

Aconteciam duas coisas. A primeira é que em nosso meio sempre pensávamos que uma mulher era a solução para a instabilidade de um homem. Como todas as crenças, essa era constantemente contrariada pela realidade, mas persistia. A segunda, mais importante, é que Angélique pertencia a um mundo mais privilegiado que o nosso. Era a única pessoa de nosso meio nessa situação, ela havia estudado por alguns anos, trabalhava para a companhia nacional de eletricidade, portanto tinha um emprego estável, um salário superior à média, todo mundo, ou quase, em nosso universo era operário ou desempregado, mas ela não, na verdade Angélique fazia parte da pequena elite da cidade, junto com os professores e o farmacêutico, e meu pai pensou que, talvez, seu status social impedisse a queda do meu irmão.

Algumas semanas depois do anúncio de Angélique, meu irmão se mudou para a casa dela e meu pai entrou num estado de euforia permanente.

Quando meu irmão vinha nos visitar, meu pai de repente ficava leve, sorridente. Ele se maravilhava com os detalhes que poderiam marcar a diferença de classe entre a família de Angélique e a nossa, se maravilhava com o fato de que de agora em diante aquele era o mundo do meu irmão. Ele perguntava com uma voz mais infantil do que o normal, com os olhos arregalados, E os pais dela têm móveis de madeira maciça, é isso? Sim, deve ser madeira maciça, nada de compensado, eles têm condições. Eles têm uma varanda? Você tirou fotos da varanda quando foi comer na casa deles? Tira uma foto da próxima vez e me mostra.

(Eu me pergunto por que, se ele queria tanto que meu irmão se desse bem, por que ele era tão rígido com ele no restante do tempo? Por que, no restante do tempo, ele fazia de tudo para afundá-lo, se acabava se alegrando depois, quando achava que estava se dando bem? É um fenômeno que muitas vezes observei nas famílias: elas querem alternadamente ajudar e afundar você.)

E meu irmão estava mudando, é verdade. Estava mais calmo, talvez de tanto ouvir dizer que uma mulher transforma um homem ele acreditou nessa ideia, talvez em alguns contextos uma ficção repetida muitas vezes acaba sendo gravada na pele e se torna verdadeira.

Até a aparência do meu irmão se transformava: ele estava mais limpo e mais bem cuidado, usava um casaco de couro que Angélique tinha comprado para ele em Paris, seu cabelo estava sempre penteado de lado; ele sorria.

Durante todo esse período, meu irmão não fez nada estrondoso, nada de agressões, nada de brigas, nada que pudesse nos preocupar com a direção que sua vida tomaria. Minha mãe me dizia quando me falava dele: "Pronto, seu irmão tá tomando jeito".

Mas meus pais estavam enganados. Nós ainda não sabíamos, porque Angélique escondia, mas meu irmão bebia cada vez mais. O que víamos quando ele chegava em casa perfumado e com o cabelo penteado era apenas uma última tentativa de se agarrar ao mundo normal, mas sob a superfície de seu corpo tudo estava acabado.

Ele bebia à noite, cada vez mais, e quando Angélique voltava do trabalho o encontrava no sofá, já bêbado. Ele olhando para o vazio à sua frente, com uma cerveja na mão. Ele colocava a música no volume máximo e ela tinha que suplicar que abaixasse, para não criar confusão com os vizinhos.

Ele dizia que sua vida era injusta, que não merecia ter sido abandonado e humilhado. Dizia que era um rapaz inteligente, as pessoas à sua volta sempre apontaram isso, o açougueiro tinha notado também, e até a mãe de Angélique havia dito isso, então por que ele não tinha uma vida melhor? Será que ninguém via que ele poderia realizar coisas grandes?

Angélique me disse ao telefone

— ela não sabia que meu irmão tinha morrido, eu que contei a ela —

ela me disse que, cada vez com mais frequência, a tristeza do meu irmão se transformava em fúria. Ele se voltava para ela e dizia que ela também o havia abandonado, que tinha certeza de que o enganava, ela era como todos os outros, queria fazê-lo sofrer.

Angélique lhe dizia que parasse de falar besteiras, mas meu irmão não a deixava terminar: "Para de tentar mentir pra mim, sua vagabunda, não mente pra mim!".

Angélique me disse ao telefone: "E eu não podia tolerar palavras como essas, vagabunda, porca, ninguém nunca tinha falado assim comigo. Na minha casa ninguém falava desse jeito. Talvez falassem assim no mundo dos seus pais, mas não no meu".

Uma noite ela voltou para casa e mais uma vez a cena se repetiu. Meu irmão estava no sofá, bêbado. Angélique explodiu. Ela deu de ombros e disse que ele tinha bebido, estava vendo. Meu irmão a olhou como se quisesse esmagá-la. Ele se levantou rapidamente e começou a gritar, a dizer que ele nunca tinha direito de se defender, nunca tinha direito a nada, sempre o criticavam, por quê? Angélique tentou acalmá-lo, mas meu irmão falou mais alto do que ela para abafar sua voz — e em seguida pegou uma garrafa de *pastis* ou de cerveja que estava ao seu lado e a atirou na direção dela. Angélique se abaixou, conseguiu se esquivar. Ela me contou:

— Mas senti tanto medo!

Ela pegou a bolsa e saiu correndo.

— Meu coração batia como um tambor, de tanto medo que eu sentia. Peguei o carro e fui pra casa da minha mãe. Eu estava chorando. Liguei para minha mãe e disse, Mamãe, preciso de você, sei que está tarde, mas tenho que dormir na sua casa.

A mãe dela entendeu o que tinha acontecido e disse para Angélique ir, ela a esperava.

No dia seguinte, as duas chamaram a polícia e mandaram meu irmão embora. A polícia disse que ele tinha vinte e quatro horas para deixar a casa. Depois Angélique pediu aos policiais que fossem ver se ele ainda estava lá, e mesmo quando soube que meu irmão tinha saído do apartamento, ela suplicou que a mãe fosse verificar mais uma vez. Quando voltou para casa, constatou que dezenas de objetos haviam desaparecido: a televisão, o leitor de DVD, eletrodomésticos — e quando ela acrescentou esse detalhe, foi o que mais me surpreendeu. Eu sabia que meu irmão era capaz de cometer grandes violências, insultos, ter acessos de raiva, mas não conhecia esse lado dele, a capacidade para pequenas violências mesquinhas e golpes baixos.

A partir desse dia, Angélique nunca mais viu meu irmão e se afastou da minha família.

"Eu o amei apaixonadamente,
 o seu irmão.

Ele era tão gentil, um dos homens mais gentis que conheci na minha vida.
 Isso era o mais estranho
 nele,
 o contraste entre a gentileza quando não tinha bebido e a loucura,
 a crueldade dele quando bebia.
 Nos dias em que estava sóbrio,
 porque isso acontecia,
 às vezes,
 no começo,
 nesses dias,
 ele faria qualquer coisa por mim. Tudo. Fazia reformas no meu apartamento para melhorá-lo, me dava flores.
 Ele cantava canções de amor pra minha mãe,
 eu me lembro.
 Ela o adorava.
 Ela me dizia: Você encontrou um homem bom, minha filha, estou feliz por você.
 Certa manhã, acordei e ele não estava. Tinha saído bem cedo, enquanto eu dormia, não sei por quê, mas não importa,

e quando acordei havia pequenos post-its coloridos espalhados no chão, azuis, rosa, amarelos.

Em todos ele escreveu à mão "Eu te amo". Quando olhei bem, percebi que estavam colados no chão, formando um caminho. Abri a porta entre o quarto e a sala e vi que o caminho continuava, com papeizinhos de todas as cores, Eu te amo, eu te amo, eu te amo.

Fui recolhendo um por um e segurando nas mãos.

Quando cheguei à cozinha, os papéis subiam pelos móveis até a bancada, onde seu irmão tinha deixado flores e um presente. O caminho de papel levava até lá.

Meus olhos se encheram de lágrimas.

Outras vezes eu voltava para casa e havia no chão pétalas de rosas, velas. Ele preparava isso tudo por horas, à tarde. Nem sei como tinha paciência, tirar uma por uma as pétalas da rosa, espalhá-las pelo apartamento e conseguir que ficasse bonito, arrumar as velas, é um trabalho enorme. Nunca ninguém tinha feito isso para mim.

Eu me sentia importante graças a ele. Eu, que nunca tinha conseguido me sentir importante, dessa vez vivi isso.

Agora, toda essa história, seu irmão, sua família, tudo isso ficou para trás há muito tempo. Agora sou feliz, tenho uma filha.

(Ela está na aula de equitação enquanto conversamos, estou no carro esperando, se você visse como ela é linda!)

Eu não trocaria a minha vida de agora por nada neste mundo, mas apesar de tudo eu não esqueço. Apesar de tudo não esqueço que, graças a seu irmão, eu me senti importante.

Nada pode apagar isso."

No fim do jantar que eu tinha ido buscar com o filho da minha irmã e que comemos em relativo silêncio, entrecortado de conversas sem interesse ou intensidade, a respeito das quais nada tenho a dizer, me senti sem energia nenhuma. Senti o típico cansaço que só sentimos em família, no contato com os pais ou com irmãos e irmãs, e eu disse que estava cansado, muito cansado, precisava ir dormir; estiquei os braços para enfatizar minhas palavras.

Minha mãe disse que também precisava ir se deitar. Vestimos os casacos e fui me despedir da minha irmã, pensando que provavelmente era a última vez que eu passava uma noite com ela.

Pensei: *Nos veremos outra vez na próxima morte na família.*

Minha irmã disse até logo sabendo que me dizia adeus. Balbuciou algumas frases educadas me convidando a voltar à sua casa quando eu quisesse, seus filhos ficariam felizes com minha visita, eu disse que sim, sim, eu tentaria voltar logo, claro, por que não na primavera, quando o sol aparecesse e o campo estivesse bonito.

Saí da casa com minha mãe e caminhamos pelas mesmas ruas escuras que eu havia percorrido uma hora antes para ir comprar o jantar. Começou a nevar; a neve caía sobre nossos ombros e abafava o som dos nossos passos, preparando a possibilidade das nossas lembranças. Perguntei à minha mãe:

— Você está bem? Está aguentando?

Por causa do frio, as volutas de vapor embaçavam nosso rosto. Ela respondeu:

— Sim, tá tudo bem.

Eu não sabia o que dizer.

Continuei:

— Você gosta desta cidade? Está bem aqui?

— Sim.

Ela retomou o fôlego:

— Sim, tem bastante comércio para uma cidade tão pequena, isso é raro. É movimentada.

Eu não sabia se devia falar da morte do meu irmão ou se devia distrair sua atenção, para aliviá-la do peso do que acabara de acontecer. Tinha a sensação de que todas as frases falavam do meu irmão morto, mesmo as mais insignificantes, sobre o tamanho da cidade ou sobre o aspecto das ruas, já que quando eu falava de outra coisa fazia isso para evitar falar do meu irmão, o que acabava por evocá-lo.

Não tinha como fugir.

Chegamos em frente à casa da minha mãe e ela abriu a porta. Era a casa que eu tinha achado pela internet e alugado para ela meses antes, quando ela me disse que queria morar perto da minha irmã, mas eu ainda não tinha conhecido. Ela me mostrou o quarto em que eu ia dormir, ao lado do seu. Perguntei se ela queria conversar mais um pouco, beber algo quente ou ver um filme, qualquer coisa, mas ela respondeu que eu podia ir me deitar:

— Vou fumar um último cigarro e vou dormir.

Eu disse a ela:

— Tem certeza?

E ela repetiu:

— Sim, sim, vai me fazer bem ficar um pouco sozinha.

Eu a beijei, fui escovar os dentes, e enfim, por volta das duas da manhã, fui para o quarto de hóspedes. Através da porta, ouvia os movimentos da minha mãe, o isqueiro que ela acendia, suas expirações quando soltava a fumaça do cigarro. Tentei adivinhar no que ela estaria pensando. Imagens, lembranças. Esperei ela apagar todas as luzes, li algumas linhas do livro de Joan Didion que trouxera comigo, depois tomei um sonífero e adormeci.

Mais algumas observações:

1: Um dia, na quermesse da cidade, meu outro irmão, o caçula, desapareceu. Toda a família e os vizinhos que ali estavam saíram à sua procura, minha mãe chorava, desesperada: ela tinha certeza de que o haviam raptado. Finalmente o encontramos nos degraus da frente da nossa casa. Ele estava simplesmente esperando lá, tinha se cansado e quis voltar para casa. Quando o viu, minha mãe o tomou nos braços, ela o abraçou e suplicou que ele nunca mais desaparecesse. Meu irmão mais velho assistiu à cena. Ele tinha bebido, fedia a álcool. Vendo minha mãe se comportar de maneira tão doce e terna com um dos filhos, entrou num estado de loucura como nunca mais vi. Gritou que tinha sido maltratado na infância, que nunca tinham dado tanto amor a ele, que tinha sido humilhado, a loucura o fez mentir, disse que tinha sido obrigado a pedir esmola nas ruas da cidade para sobreviver, que tinha apanhado.

Minutos depois, no auge da fúria, ele se atirou em cima do meu pai e bateu nele até deixá-lo quase morto no chão.

2: Em um de seus textos mais bonitos, Sigmund Freud tenta diferenciar o luto da melancolia. Segundo Freud, o luto se caracteriza por uma ruptura com o mundo exterior: o indivíduo enlutado, por causa de sua tristeza, não consegue se interessar pela realidade que o cerca e por tudo o que essa realidade contém, trabalho, amizade, afazeres, enquanto a melancolia corresponde, acima de tudo, a uma rejeição de si mesmo. Não é apenas o que o cerca que o melancólico rejeita, mas a si mesmo: ele se despreza, acha sua existência vã, se deprecia. Eu nunca vi meu irmão expressar a menor repulsa por si mesmo. Nunca vi meu irmão duvidar de seu valor. Sempre o vi, ao contrário, expressar sua repulsa pelo que lhe era externo, pelos outros, pelo mundo. Se, na linguagem freudiana, não era a si mesmo que ele desprezava, e sim a realidade à sua volta, então meu irmão não era melancólico; ele estava de luto. Meu irmão estava de luto pela vida que achava que deveria viver, mas que alguma coisa, ele não sabia bem o quê, o mundo, a realidade, uma maldição, roubava dele.

3: É preciso entender: meu irmão sempre se esforçou para acabar com essa maldição. Mas ele não tinha as *técnicas da fuga*, era muito imbricado com sua própria existência, e o resultado, eu já disse, é que quanto mais ele se debatia, mais se condenava.

4: Quando comecei a pesquisa sobre ele, pensei que escrever a história do meu irmão era escrever a história de um garoto com a vida inteiramente delimitada e definida pelos determinismos sociais: masculinidade, pobreza, delinquência, álcool, morte prematura. Mas hoje vejo que sua vida conta outra coisa. E se meu irmão tivesse morrido com trinta e oito anos não devido ao determinismo social, mas a um acidente no funcionamento padrão das forças sociais? É nisto que acredito: no meio em que passei a infância, as nossas condições de vida muitas vezes nos ditavam nossos sonhos e nossas esperanças. A violência do determinismo social residia também na maneira como este delimitava os nossos desejos: ser promovido na fábrica, comprar uma televisão maior, conseguir um empréstimo para comprar um carro. Se os sonhos do meu irmão eram tão vastos e tão desajustados em relação à sua existência, se seus sonhos o levavam àquele desespero que um dia se tornou a substância de sua vida, foi porque os mecanismos do determinismo social fracassaram totalmente em condicionar a pessoa que ele era. A sociedade não cumpriu sua missão. Ou cumpriu apenas em parte: a precariedade, o isolamento, o álcool. Mas não o resto. Não a delimitação dos sonhos.

5: Na análise existencial proposta pela psiquiatria alternativa de Ludwig Binswanger, entendemos que a Ferida ou a depressão são realidades que destroem o tempo e sua própria possibilidade. O ser ferido, para Binswanger, não tem mais nem passado nem presente nem futuro: o passado nunca é passado, já que o ser ferido fica remoendo suas lembranças tristes, nunca as deixa para trás, nunca as deixa *passar*. O futuro não é um futuro, já que o ser ferido só o vê como um risco de repetições de sofrimentos já vividos. O próprio presente se dissolve, esmagado sob os fantasmas desse passado que não passa e sob a angústia de um futuro que não existe — nada além da projeção de um pesadelo antigo sempre a ponto de retornar.

"Todo o futuro do presente se esgota, tornando-se seu próprio passado", comenta Michel Foucault em sua leitura de Binswanger.

Talvez meu irmão tenha *perdido o tempo*.

6: Será que era de depressão que meu irmão sofria? Em seu livro *Sol negro*, Julia Kristeva escreve: "Minha depressão assinala-me que não sei perder". Tudo o que meu irmão disse na noite da quermesse comprova isso, ele não tinha a capacidade de deixar suas derrotas e seus traumas para trás e os carregava em seu corpo, sob a pele, ao longo da vida: seu pai o havia abandonado, meu pai tinha rido dele, minha mãe não o defendera. Meu irmão era patologicamente incapaz de perder — de perder o que quer que fosse, *menos o tempo*.

Na mesma época — ele tinha, portanto, vinte e um ou vinte e dois anos — achamos que meus avós poderiam tirar meu irmão do penhasco de onde ele despencava. Meu irmão os adorava: os dois sempre foram pacientes com ele. Até os piores pais costumam ser bons avós: não ter poder sobre os outros os torna melhores. Meu avô telefonou para meu irmão e disse que estava decepcionado com o que tinham contado para ele sobre seu vício em bebida e seus ataques de fúria. O comentário teve o efeito de um choque em meu irmão: porque os amava profundamente, o que os dois lhe diziam tinha um impacto muito mais forte sobre ele. Porque nunca o tinham criticado, e sempre tentavam compreendê-lo, sempre o haviam acolhido, o comentário de meu avô, corroborado por minha avó, *feriu-o positivamente* e o deixou envergonhado. Ele prometeu que mudaria. Foi morar com eles por algumas semanas, não bebeu mais, passava as tardes cuidando do jardim com meu avô, o extremo cuidado dedicado às frutas e verduras que saíam da terra parecia acalmá-lo, desviá-lo de si mesmo. Mas, como aconteceu com Angélique, ele não conseguiu sustentar esse papel por muito tempo. Ele precisava beber. Depois de três semanas na casinha dos meus avós, ele pediu desculpas e partiu.

(Mais uma coisa antes de prosseguir com a história. Até aqui falei da violência e da tristeza que a bebida despertava no meu irmão, mas havia outra coisa: beber também era para ele uma fonte e uma busca da felicidade. Quando seus lábios entravam em contato com o primeiro copo de uísque ou a primeira cerveja do dia, uma expressão de êxtase se desenhava em seu rosto, como se de repente ele estivesse diante de uma aparição divina ou como se enfim tivesse chegado a libertação que ele vinha esperando por meses. Essa felicidade é indescritível. Devo dizer que, quando ele bebia, nas primeiras horas se transformava em um personagem alegre, muito mais alegre do que os outros em geral; dançava, cantava e levava a família e os amigos com ele. Apenas num segundo momento seu estado evoluía para o desespero e a violência. E talvez os dois estivessem ligados. Talvez uma das razões do sofrimento do meu irmão fosse ele estar desmesuradamente preso ao ideal da felicidade e sua vida não poder lhe oferecer o que ele queria. Beber era um jeito de, por alguns instantes, obter essa alegria que ele amava talvez exageradamente — antes que a realidade, ou o que ele via como realidade, se impusesse. Talvez um dos problemas do meu irmão fosse ele amar a felicidade com um amor muito profundo e muito intenso, e, consequentemente, a vida só podia decepcioná-lo.)

FATO NÚMERO 8

Depois da separação de Angélique, meu irmão se mudou para Abbeville, uma cidade do norte da França onde ele sobrevivia graças a trabalhos temporários como operário da construção civil ou de fábrica: carregar blocos de concreto, sacos de cimento, limpar tanques industriais ou armazenar mercadorias em enormes galpões na periferia da cidade.

Em um bar, uma noite, ele conheceu Géraldine. Eles teriam uma história de amor intermitente durante seis anos. Nas tardes em que passei com eles, quando meu irmão insistia para que eu fosse visitá-lo, quando insistia para que ele e eu brincássemos de ser irmãos, eu os via, ele e Géraldine, se beijarem por horas, e não fazerem nada além disso; nunca tinha visto um casal como eles. Meu irmão se preocupava desproporcionalmente quando ela saía e não atendia suas ligações; quando Géraldine estava trabalhando, ela lhe enviava dezenas de mensagens, a todo momento queria saber onde ele estava, o que estava fazendo. Imaginei, quando comecei a escrever este livro, que talvez eu tivesse superestimado a intensidade da relação deles, mas Géraldine confirmou quando perguntei a ela:

— Amei seu irmão como nunca mais amei ninguém. Até o homem com quem estou hoje, vejo que ele sofre por saber que o grande amor da minha vida foi seu irmão e que nada poderá mudar isso.

***

No entanto, a história se repetia e se amplificava em sua repetição: com Géraldine, meu irmão se comportava da mesma forma como se portou com Angélique, só que pior. Era como se quisesse amá-la, mas, na verdade, não fosse capaz de colocar esse sentimento em prática. Ele bebia cada vez mais, algumas noites vomitava no apartamento, derrubava móveis. Os anos passavam, ele tinha vinte e dois, vinte e três, vinte e quatro anos, e começava a beber cada vez mais cedo, primeiro no meio da tarde, sem um motivo especial, depois de manhã, depois assim que acordava.

O álcool se tornou uma doença incontrolável para o meu irmão, e cada vez mais visível para as pessoas.

Géraldine fazia faxina em empresas, acordava de madrugada para ir trabalhar e meu irmão tornava a vida dela insuportável. À uma ou duas da manhã, cada vez mais meticulosamente, ele ligava a televisão, colocava a música no volume máximo e ficava olhando o vazio à sua frente. Ele dizia que sofria, então se tornava agressivo, mas, ao contrário de Angélique, Géraldine reagia quando meu irmão a agredia e as brigas ganhavam proporções enormes: ela expulsava meu irmão de madrugada, ele de cueca no hall do prédio, jogavam baldes de água um na cara do outro, batiam um no outro.

E a cena se repetia, de modo cada vez mais perigoso, sempre mais violento; meu irmão no sofá, as cervejas, a música e suas palavras: ele tinha sido abandonado desde a infância, toda a sua história era a história de um longo abandono.

"O sentimento de tristeza cria uma coesão do eu, uma unidade, um sentido contra a fragmentação", escreve Julia Kristeva, e imaginei, lendo isso, que essa frase podia resumir o que acontecia com ele: a vida do meu irmão tinha fracassado por conta das circunstâncias, e sua tristeza lhe dava a ilusão de continuidade, como se tudo tivesse sido perfeitamente lógico, planejado, coerente. A tristeza juntava os pedaços e criava para ele a possibilidade de uma narrativa.

    Géraldine pedia para meu irmão baixar o volume da música. Ela precisava ir trabalhar cedo e seu trabalho era desgastante, humilhante, ficava de quatro para limpar embaixo das escrivaninhas, tendo que sair o mais rápido possível antes da chegada dos funcionários, que não deveriam vê-la, talvez porque essa confrontação os colocaria diante da evidência da injustiça, da feiura da exploração do corpo de uma mulher para o conforto deles, de uma mulher que inalava produtos químicos por horas e que estragava as mãos na água fervendo, fosse qual fosse a razão, Géraldine precisava descansar para poder enfrentar o trabalho e dizia isso a meu irmão, ela implorava para que desligasse a música, mas ele não a ouvia. Ele a xingava. Ficava violento. Até a noite em que a violência do meu irmão se voltou contra as filhas dela e Géraldine o expulsou.

"Seu irmão?
    A última vez que o vi foi quando ele se meteu com minhas filhas.

    Uma noite ele ficou louco.
    Ele se virou para as minhas duas filhas e começou a dizer,
    Eu vou acabar com essas vadias, vou acabar com elas.
    Ele estava com os olhos muito inchados,
    vermelhos,
    você mesmo não o teria reconhecido.
    Mesmo você não conseguiria reconhecê-lo.

Mas continuando.
    Bem.
    Ele se atirou para cima delas e as perseguiu.
    Elas se esconderam no quarto,
    gritavam,
    Mamãe, mamãe!
    e ele,
    o seu irmão,
    conseguiu entrar.
    Ele estava com elas no quarto — e eu, o que eu fiz? Eu me coloquei entre ele e as minhas duas filhas e as protegi. Deitei sobre as minhas duas filhas, curvada, como um casco de tartaruga, e seu irmão bateu nas minhas costas, como se quisesse me atravessar.

Ele me bateu com tanta força que as minhas filhas sentiram seus socos através de mim, elas me contaram no dia seguinte, me disseram Mamãe a gente sentiu os socos dele pelo seu corpo.
Ele me batia, mas eu dizia a mim mesma Não desista. Não desista. Você não pode deixar ele encostar nas suas filhas. Aguenta firme, Géraldine, aguenta.

Não foi a primeira vez.

Ele me bateu muitas vezes.

Um dia, na rua,
    assim,
    sem mais nem menos,
    ele me deu um tapão na cabeça.
    Meus óculos de sol
    caíram no chão.
    Assim, bem no meio da rua.

[*ela suspira*]

Ah, eu não deixava barato.
Pode acreditar, eu não sou uma vítima.
Eu reagia.
Quando ele me xingava, eu dizia para ele Olha só pra você, um grande monte de álcool. Já olhou de verdade pro seu rosto? Seria melhor fazer uma plástica. Além disso, você nem é capaz de trabalhar — eu sabia que isso o machucava, porque era o que ele menos aguentava, que o chamassem de preguiçoso. Ou de alcoólatra.

O que o seu irmão não conseguia suportar? A verdade.

Se quer conhecer seu irmão, é isto que você precisa saber: ele não suportava a verdade.

Mas também a violência.
   Um dia ele tentou me bater outra vez,
   o que eu fiz,
   peguei uma faca e enfiei na cabeça dele.
   Na testa.
   Tinha sangue por todo lado, ele gritava, você precisava ver, parecia um filme de terror.
   Ele precisou levar alguns pontos e sei que ele contou para a sua mãe que tinha caído no chão e se machucado, mas alguns meses depois ele estava bêbado e disse o que tinha acontecido realmente, então sua mãe me chamou e falou assim Tá certo isso, enfiar uma faca na cabeça do meu filho? E eu respondi É porque ele me bate, e eu não vou deixar ele fazer isso, não sou do tipo que deixa pra lá.
   Nunca.
   Ela me disse Ah, bom.

Era sempre a mesma coisa. Ele bebia e começava a remoer todos os seus velhos problemas.
   Eu dizia para ele, Tá bom, já se passaram dez anos, você já pode mudar pra outra coisa, não adianta nada ficar parado em cima disso, é preciso ir em frente.
   Eu estava errada? Talvez eu estivesse errada. Talvez eu devesse tê-lo escutado, tê-lo feito falar mais, às vezes me arrependo um pouco, mas, você entende, eu achava que isso não o ajudaria — ele teria feito o quê? Iria falar ainda mais, iria ficar ainda mais doente.
   Eu só queria ajudá-lo.

Então ele bebia, ele remoía e,

de repente,
por ficar remoendo,
se tornava agressivo."

Eu perguntei a ela: Você tinha medo? E ela continuou:

"Eu comecei a ter medo a partir do momento em que o álcool fez ele perder a cabeça. Ele bebia demais, passou a ter alucinações, me dizia Você viu uma cobra ali? Eu respondia Uma cobra? Não tem cobra no norte da França, você não está nada bem, realmente não está bem da cabeça! E ele continuava Não, juro, acabei de ver uma cobra passar atrás de você, juro que tem uma cobra, ali, ela entrou debaixo do sofá.

Bem,
   isso,
   isso me fazia rir mais do que tudo, mas tinha vezes em que ele realmente falava coisas assustadoras.
   Eu me lembro.
   Ele cochichava para mim, espera, espera, eu preciso te falar uma coisa, mas ninguém pode ouvir, acho que suas filhas não são suas filhas. Alguém está fazendo você acreditar que elas são suas filhas, mas não é verdade, elas não são suas filhas.
   Ele dizia: Talvez a gente devesse matá-las para nos livrarmos delas. Você não pode viver com elas se não são suas filhas.

Na noite em que ele foi atrás delas, quando precisei protegê-las,
   antes de me livrar dele,
   ele tinha escondido uma faca embaixo do colchão delas. Embaixo do colchão das minhas filhas.

Aí não aguentei.

Eu tenho uma prima que é da polícia, resolvi ligar para ela. A polícia disse a seu irmão que ele não podia mais se aproximar de mim. Quando ficou sabendo, você acha que ele obedeceu? Ele veio e ficou embaixo do meu prédio, gritando Abre, abre! Eu vou te matar e quebrar seu carro se você não abrir, sua porca imunda.

Ele ficou ali, ele gritava na neve, nevava, eu via seu irmão como uma mancha e ele gritava Puta, vagabunda, abre pra mim senão eu vou te matar e vou quebrar seu carro!

Os vizinhos todos olhando.

Uma vergonha.

Chamei a polícia de novo, eles pediram para ele sair da cidade e seu irmão foi viver em Amiens. Eu fui vê-lo depois em Amiens algumas vezes.

Confesso.

Fui burra, mas eu o amava...

Esqueci de te contar uma coisa, no dia em que ele atacou minhas filhas, depois, ele ficou no banheiro. Pegou uma lâmina de barbear e cortou as veias. Eu não ouvia mais nada, então fui ver o que estava acontecendo. Quando o vi,

ali,

no meio do sangue,

falei para ele Bem feito pra você, tomara que você morra.

Sei que não foi nada educado, mas, você entende, ele tinha acabado de me espancar, quis machucar minhas filhas. Então eu disse a ele, Morre, bem feito pra você.

Bem feito pra você."

Muitas vezes odiei meu irmão, mas preciso entender.

FATO NÚMERO 9

Durante toda a sua vida, meu irmão foi expulso. Durante toda a sua vida, meu irmão teve comportamentos que o levaram a ser expulso.

Depois que Géraldine avisou a polícia sobre o comportamento violento dele, os policiais expulsaram meu irmão para afastá-lo dela, por meio de um documento oficial ou de maneira mais informal, não sei, e ele se mudou para Amiens, primeiro para a casa de um amigo, depois para sua minúscula quitinete colada à oficina, perto da estação.

Lá, em Amiens, assim que se mudou para o apartamentinho da oficina, recebeu um telefonema avisando que seu pai havia morrido, com quarenta e oito anos. Ele bebia desde sempre, mas fazia alguns anos que seu consumo de álcool tinha se tornado incontrolável, doentio, e um dia ou uma noite, ninguém sabe, já que não havia ninguém lá para ver, ele desabou no chão de sua casa, num prenúncio de como seria o fim do meu irmão anos mais tarde.

Repetição. Reverberação. Reverberação do destino.

Uma pessoa que acabou de perder o pai, ao entrar em um lugar, sempre parece ter corrido por muitas centenas de metros, mesmo se tiver apenas descido de um carro ou se levantado de uma cadeira: meu irmão chegou à casa dos meus pais parecendo atordoado, sem fôlego, com movimentos bruscos e rápidos. Sentou no sofá e cobriu o rosto com as mãos, chorando. Perguntou, sem que soubéssemos exatamente para quem: "Por que meu pai não quis mais me ver? O que ele tinha contra mim?". Ele murmurou: "Agora é tarde demais, tarde demais...".

Ele comunicou que iria ao enterro com Géraldine. Ela me explicou ao telefone:

— Sei que eu tinha chamado a polícia para que o mandassem embora e que tinha jurado não ver seu irmão nunca mais, mas eu o amava, o que eu podia fazer? Eu o amava. Então, quando ele foi morar em Amiens, continuei a encontrá-lo, eu não conseguia me conter. Isso durou alguns meses, até o dia em que realmente parei. Mas levou um tempo...

Eles foram juntos ao enterro, vestidos de preto. Meu irmão caminhou no fim do cortejo, separado dos outros, o rosto voltado para o chão e as mãos unidas.

Ficou em silêncio a cerimônia toda, como se estivesse possuído, ou melhor, como se seu corpo não fosse mais seu, foi o que Géraldine disse, ela disse que havia uma cisão entre seu olhar e seu corpo, entre seu corpo imóvel, duro, ereto e seu olhar que gritava, seus olhos que olhavam em todas as direções, amedrontados.

Quando voltou para casa à noite, ele desabou.

Eu não assisti ao enterro do pai do meu irmão, mas anos depois, quando o via, ele me falava disso. Lágrimas escorriam em seu rosto, não lágrimas que desenham traços brilhantes sobre a pele, mas dessas bem pesadas, que se chocam no chão logo que caem. Eu tentava reconfortá-lo dizendo que ele deveria superar isso e cuidar da vida dele. Ele não me ouvia.

Acordei na casa da minha mãe no dia seguinte à conversa sobre o preço do enterro. Era muito cedo e ter dormido pouco me deixou enjoado. Perguntei à minha mãe como ela estava. Ela balançou a cabeça devagar:

— Tudo bem...

Estava combinado que ela e eu encontraríamos minha irmã para voltar a Amiens, onde elas tinham achado uma funerária que parecia ao mesmo tempo confiável e barata. No caminho, as duas se lembraram do meu irmão mais uma vez. Minha mãe, sentada no banco do passageiro, se virou para mim:

— Ele teria gostado tanto de ter encontrado você quando fizemos nosso último Natal em família, sem você... Ele disse: Falta meu irmãozinho aqui do lado.

Eu olhava as plantações pela janela do carro. Não sabia o que responder. Detestei minha mãe por ter me colocado nessa situação.

Chegando à funerária, minha irmã estacionou o carro; disse que ela e minha mãe iam falar com um dos funcionários para combinar o preço da cerimônia e do enterro — será que eu podia esperá-las lá fora ou no carro? Respondi que tudo bem.

Lá fora fazia frio, o frio de janeiro, agressivo. A rua por onde eu caminhava era feia, o silêncio era tal que eu ouvia minha respiração dentro do ouvido.

Pensava: Vou escrever sobre meu irmão.

Pensava no que Jamaica Kincaid escreveu: "Eu me tornei escritora por desespero, de forma que quando soube que meu irmão estava morrendo, eu estava familiarizada com o ato que me salvaria: eu escreveria sobre ele. Escreveria sobre sua morte. Quando eu era jovem, mais jovem do que sou agora, comecei a escrever sobre minha própria vida e descobri que esse ato tinha salvado minha vida. Quando soube que meu irmão estava doente e que ia morrer, soube, instintivamente, que para entender, ou para tentar entender sua morte, e para não morrer com ele, eu escreveria sobre isso".

Eu sabia que quando voltasse para minha casa em Paris, abriria o computador e começaria este relato sobre a existência e a queda do meu irmão.

Minha mãe e minha irmã saíram depois de quase duas horas. Fiquei atônito, não tinha visto todo esse tempo passar, esse tempo em que fiquei tentando compreender — compreender o quê, nem sobre isso eu tinha certeza. Propus irmos comer alguma coisa num restaurante no centro da cidade antes de eu pegar o trem de volta para casa. Lembro de ter dito banalidades durante o almoço, eu não comi, depois olhei a hora no meu celular e disse que precisava ir embora. Dei um beijo na minha irmã e cochichei para minha mãe que ela podia me ligar sempre que precisasse. Convidei-a para ir a Paris na semana seguinte para arejar a cabeça. Foi uma frase idiota: imagino que minha mãe não quisesse arejar a cabeça, mas quisesse, ao contrário, pensar no meu irmão.

Balbuciei:

— Se você for a Paris, vamos passear juntos.

Ela assentiu:

— Sim, eu te ligo.

Ela me olhou com olhos suplicantes antes de me deixar ir embora:

— Você consegue vir pro enterro do seu irmão?

Suspirei:

— Você sabe que não gosto desse tipo de cerimônia...

Uma vez mais não podia dizer a verdade: que era porque eu não gostava do meu irmão que não queria ir ao enterro dele.

Eu disse que precisava mesmo ir embora, que avisaria se mudasse de ideia; saí e corri para a estação. Subi no trem e, quando sentei, soltei um suspiro.

Enfim voltava para casa; fazia a viagem em sentido inverso. Olhei ao redor, abri o caderno que estava na mochila e escrevi, com caneta azul:

"Não senti nada quando soube que meu irmão tinha morrido; nem tristeza, nem desespero, nem alegria, nem prazer. Recebi a notícia como se ouvisse a previsão do tempo ou como se escutasse alguém contando sobre sua tarde no supermercado. Eu não o via fazia quase dez anos. Não queria mais vê-lo."

...

...

...Agora é o fim deste relato sobre a viagem a Amiens para ajudar minha mãe com as formalidades da morte.

Agora começa a história da última fase do desabamento do meu irmão.

Mas antes disso eu queria contar uma última história que Géraldine me relatou: meu irmão costumava falar sobre seu sonho de ter filhos, especialmente um menino. Ele via nesse projeto uma forma de recuperar, com esse filho sonhado, a relação que nunca teve com o pai; a maioria das pessoas quer ter filhos não para transformar seu futuro, mas para conjurar seu passado.

Meu irmão cuidaria dele, brincaria com ele, o levaria ao parque, lhe transmitiria valores. Falava muito sobre isso, mas os anos se passaram e nenhuma de suas companheiras engravidou. Acabei achando que ele fosse estéril, que talvez as quantidades impressionantes de álcool que ingeria tivessem deixado seu corpo incapaz de procriar, e me lembro de que essa era uma hipótese compartilhada com minha irmã quando ela falava do meu irmão, na época em que eu ainda a encontrava regularmente — o que quer dizer também que falar do meu irmão sempre significou, para ela e para mim, tentar resolver um enigma, que falar do meu irmão era sempre levantar hipóteses e, portanto, que sua vida, assim como sua morte, desde as origens, teve o formato de um ponto de interrogação.

Eu disse a Géraldine em uma de minhas conversas com ela:
— Além do mais, meu irmão era estéril. Ele que queria tanto ter um filho, isso não deve ter ajudado em sua instabilidade...

Ela me respondeu como se eu fosse maluco:
— Estéril? Seu irmão?
— Sim, algo desse tipo...
— Mas seu irmão não era estéril de jeito nenhum.

Eu não entendi. Fiquei em silêncio para marcar minha incompreensão e ela continuou:
— Seu irmão não era estéril de jeito nenhum. Olha. Vou te contar. Eu engravidei do seu irmão antes de ele ir embora. Antes que eu chamasse minha prima da polícia e que ele fosse obrigado a ir morar em Amiens. Eu estava estranha, meus seios incharam e fui fazer um teste. Vi que deu positivo. Aí desmoronei, disse a mim mesma: O que eu vou fazer? Eu não podia estar grávida dele, não era possível. Não podia ter um filho com ele, que era alcoólatra e que batia em tudo o que se mexia em volta dele. A criança seria infeliz. Então decidi não contar nada para o seu irmão e fiz um aborto. E alguns meses depois brigamos de novo porque ele tinha me traído. Eu disse ao seu irmão que ele nunca ia mudar, que ele só sabia mentir, que era um incapaz, por isso fracassava em tudo na

vida. Eu estava com muita raiva. Então falei pra ele. Eu falei: Quer saber? Na verdade, eu engravidei há pouco tempo, estava grávida de você, e abortei. Eu não te disse nada. Hoje você poderia ter um filho. Então o seu irmão, eu nunca tinha visto ele daquele jeito, explodiu. Ele ficou louco, louco! Disse O quê? O que você está falando? O que você falou, sua vagabunda??? Pegou tudo o que estava a seu alcance no apartamento e quebrou tudo, ele gritava Você matou meu filho, vagabunda, você matou o meu filho!!!!!! Eu vou te matar, sua puta!!! Acho que ele nunca se recuperou disso.

3

FATO NÚMERO 10

Antes de desabar, meu irmão teve um último sonho. A cena desse anúncio começou como as outras: depois de alguns meses ausente, ele voltou à casa dos meus pais, grave e silencioso, esperou o momento que julgou ser o melhor e se sentou.

Ele nos disse que em Amiens, para onde se mudara após a separação de Géraldine, ele havia conhecido um homem — não lembro mais como, esqueci, certamente por intermédio de um amigo comum —, e esse homem comprava e reformava apartamentos velhos na cidade para em seguida revendê-los por um preço mais alto. Ele nos disse que, principalmente por meio dessas transações de compra e venda contínuas, esse homem ganhou muito dinheiro e ficou rico.

Rico.

Essa palavra nos fazia sonhar tanto... Não me lembro de um dia que se passasse sem que minha mãe ou meu pai falassem disso, sem que imaginassem o que fariam se ganhassem na loteria ou se recebessem uma herança de um parente distante e desconhecido, então, quando meu irmão pronunciou essa palavra, meus pais prestaram atenção como nunca haviam prestado antes a nenhum anúncio de seus projetos.

Meu irmão nos contou que esse homem e ele tinham conversado, tinham bebido juntos algumas cervejas num bar do centro da cidade e o Proprietário havia gostado dele instantaneamente, como o homem do açougue alguns anos antes, tanto que havia proposto que meu irmão fosse trabalhar com ele.

Eles iam se tornar sócios, era esse o acontecimento que meu irmão tinha vindo nos contar, ele e o Proprietário iam reformar dezenas de apartamentos, os dois iam passar os dias trabalhando e conversando, trabalhar não seria uma tarefa árdua, porque eles estariam juntos, e trabalhando se conheceriam melhor, mas atenção, eles não iam trabalhar menos por causa disso, ao contrário, sua cumplicidade os tornaria mais fortes e, ah, sim, ele precisava corrigir o que acabara de dizer de forma muito imprecisa, eles iam aprender a se conhecer melhor, mas devíamos entender que isso em nada mudava o fato de que o proprietário dos apartamentos já o adorava.

Quando nos contou isso, meu irmão já tinha aprendido a assentar azulejos, a conectar canos, a construir alcovas e lhes dar uma forma perfeitamente arredondada, ele estava aprendendo muitas coisas, a verdade é que ele e o Proprietário concebiam apartamentos de um luxo que meus pais nem poderiam imaginar, meu irmão falava essas coisas com um sorriso invejoso, mas, creio, sem amargura, como se no fundo ele não fosse trouxa, os outros viviam no luxo, mas era ele quem sabia fabricar esse luxo, ele possuía um conhecimento que os outros não possuíam e sem ele esses outros não eram nada, não havia ressentimento em suas frases porque ele extraía de sua situação algo como um sentimento de superioridade.

Meu irmão nos disse que isso não era tudo, que além do que acabáramos de ouvir ele tinha um segundo anúncio a nos fazer, ainda mais decisivo: o Proprietário gostava tanto dele que deixou escapar que um dia ele herdaria seu império, todas as suas propriedades e todo o seu dinheiro.

Silêncio do meu irmão. Respiração.

Tínhamos ouvido bem? Ele queria dar tudo para ele porque gostava do meu irmão e porque não tinha filhos. Meu irmão havia, enfim, encontrado um pai. Como um pai ele o amaria, como um pai ele lhe transmitiria seus conhecimentos, como um pai ele deixaria para meu irmão o que possuía depois de sua morte — como um pai de ficção, como um pai sonhado, como o pai que ele nunca teve.

Silêncio do meu irmão. Respiração.

Meu irmão herdaria muitos apartamentos, porque o Proprietário era um homem rico, ele repetiu, e, ah, sim, tinha isto também, ele tinha esquecido de dizer, o Proprietário não havia revendido todos os apartamentos que reformara, ele tinha deixado alguns para alugar e dessa forma ganhava dinheiro todos os meses.

Tudo isso seria dele um dia, meu irmão teria uma renda mensal sem precisar trabalhar, nós, que vivíamos num universo em que todo mundo tinha que se esgotar no trabalho, triturar as costas, acabar com a saúde para sobreviver, em que os homens eram operários ou trabalhadores em canteiros de obras e em que as mulheres cuidavam de pessoas idosas ou então estragavam as articulações no caixa de supermercados, nós, que só conhecíamos, ou quase, em nosso meio pessoas que precisavam se sacrificar e sacrificar seu corpo para ganhar o dinheiro necessário ou apenas suficiente para sobreviver, será que nós nos dávamos conta? Meu irmão teria dinheiro sem fazer nada, dinheiro que chegaria automaticamente em sua conta todos os meses, todos os meses até sua morte.

Meu irmão disse que fazia uma semana que ele estava morando em um dos pequenos apartamentos que o Proprietário possuía, perto da estação de Amiens. Ele não pagava aluguel, o Proprietário o abrigaria gratuitamente pelo tempo de sua formação e, em troca, meu irmão teria que aceitar as tarefas que ele lhe passava.

Uma nova vida começava para ele.

Quando acabou de nos contar tudo, ele foi embora; diferentemente de outras vezes em que havia nos informado de um novo começo, ele não precisava mais dos meus pais, nem da ajuda nem da concordância deles, queria apenas que soubessem, então ele foi embora.

Ele trabalhou durante vários meses. Quando voltava para nos ver, nas raras vezes em que voltava, nos descrevia o que tinha aprendido, a beleza dos apartamentos que concebia.

Mas era tarde demais. Meu irmão tinha apenas vinte e cinco anos, mas já havia sofrido muito. Eu deveria ter dito antes, mas esse terceiro sonho não teve exatamente as mesmas cores dos outros, quando meu irmão o revelou. Quando falou de seus primeiros sonhos, eles eram cheios de esperanças ingênuas e de crenças, mas esse de agora era diferente, meu irmão muitas vezes já tinha sonhado à toa, seus sonhos haviam fracassado muitas vezes diante de sua realidade, e quando ele falou do Proprietário a ansiedade era perceptível em sua voz.

Tinha razão de temer; ele não conseguiu.

Meu irmão estava bebendo ainda mais do que quando morava com Géraldine, e seu comportamento tornara-se imprevisível. Por causa da embriaguez, chegava tarde ao trabalho;

alguns dias nem ia à obra. Ele balbuciava desculpas, no início o Proprietário o perdoava, mas depois entendeu que meu irmão mentia para ele e que estava patologicamente atolado em seu alcoolismo. Ele se afastou do meu irmão. Houve alguns gritos e algumas brigas, súplicas, justificativas, vezes em que meu irmão chegou bêbado à obra e em que danificou instalações elétricas que precisaram ser destruídas e refeitas por sua causa, e por fim o Proprietário pediu que ele não fosse mais trabalhar. Meu irmão podia ficar na quitinete, o Proprietário ainda sentia afeição e ternura por ele, então não rompeu de forma violenta, o deixou viver de graça ou por quase nada no apartamentinho por vários anos antes de expulsá-lo, mas, enquanto isso, não queria mais vê-lo, não queria mais trabalhar com ele.

    Estava acabado.

Meu irmão perdeu o pai com o qual tinha sonhado. Ele não teria nada, não herdaria nada.

    Mais uma vez não conseguiu se livrar do seu Destino.

FATO NÚMERO 11

Nossos corpos convergiram para a mesma cidade. Cheguei a Amiens apenas alguns meses depois do meu irmão, quando ele começou a trabalhar para o Proprietário e eu comecei o ensino médio. O acaso nos aproximou: a garagem transformada em quitinete onde ele vivia ficava a trezentos ou quatrocentos metros do meu colégio e a quinze minutos de ônibus da universidade na qual eu me matricularia anos mais tarde.

Ele me telefonou na véspera do meu primeiro dia no colégio para me dizer que estava feliz, ele e eu íamos morar na mesma cidade, no mesmo bairro; poderíamos nos ver com mais frequência, passar um tempo juntos e, enfim, nos parecermos com irmãos de verdade.

Para o nosso primeiro encontro, ele sugeriu a entrada da estação, sob o imenso telhado de vidro que cobria a esplanada — um telhado pensado para ser transparente mas que, com os anos, ficara coberto de sujeira e de cocô de passarinho e se tornara cada vez mais opaco, dando ao local um ar apocalíptico com tons cinza e esverdeados, uma aparência de tristeza e desolação.

Vi meu irmão chegando de longe; ele me fazia sinais com os braços, como esses homens nas pistas de aterrissagem quando um avião se aproxima. Ele usava uma camiseta branca sob uma camisa aberta; tinha engordado, sua barriga tensionava o tecido da camiseta nas laterais.

    Sua transformação física provocada pela bebida havia começado, mas eu ainda não tinha como saber; logo ele perderia o cabelo, os dentes, sua pele ganharia uma cor amarelada por causa do fígado destruído.

Mas não de imediato.

Vendo que eu me aproximava, meu irmão sorriu, um sorriso verdadeiro de felicidade, que não podia ser falso; ele perguntou como eu estava, falou da sua ansiedade para me mostrar seu apartamento, mas que antes de irmos ele tinha uma coisa para me dar:

— Veja!

Ele tirou duas chaves do bolso e as estendeu para mim, sempre sorrindo, com gestos bruscos e teatrais, e gritou: "Tcharaaam!". Peguei o pequeno chaveiro na mão; era uma cópia das chaves de seu apartamento. Graças a essa cópia eu poderia entrar e sair da casa dele quando quisesse, sem ter que pedir ou avisar — e, devo admitir, quando comecei a escrever a história do meu irmão esse detalhe me incomodou, eu não queria contar isso porque tinha a sensação de que romperia a imagem de uma distância fria entre mim e ele, uma distância à qual, por razões complexas, sou apegado. Do mesmo modo, ao descrever o sorriso no rosto do meu irmão quando me viu, aquele sorriso que ele sempre mantinha na minha presença, deduzi que, com certeza, meu irmão me amava, ou pelo menos era ligado a mim, mas essa nuance não era uma coisa que eu fosse capaz de perceber na época, porque eu não o amava, porque meu irmão já tinha agredido pessoas na minha frente, porque seu alcoolismo o tornava insuportável, porque — voltarei a isto — ele repetia que era preciso matar os homossexuais, e portanto me matar.

Devo acrescentar que se numa primeira versão deste texto eu não quis mencionar o sorriso do meu irmão quando ele me via, foi também porque esse sinal de afeição me põe diante de um tipo de responsabilidade, ou pelo menos de um questionamento: o que eu poderia ter feito por ele e não fiz? Se ele me amava ou se sentia alguma afeição por mim, será que eu poderia tê-lo ajudado? Será que, como meus pais, eu o afastei quando ele mais precisou de apoio? Sei, no entanto, que eu não passava de um adolescente e que não era obrigado a ajudar uma pessoa que me fizera sofrer, porém não posso deixar de me perguntar: o que eu não fiz? O que poderia ter feito?

E o sorriso do meu irmão joga essa pergunta na minha cara, e eu não sei, não sei.

Fomos andando em direção à casa dele, mas no caminho ele me disse que precisava ir a um lugar. Parou em frente a uma tabacaria e o esperei do lado de fora; quando saiu ele tinha nas mãos três ou quatro raspadinhas, pequenos quadrados de cartolina com cores gritantes.

Era uma coisa que se tornaria frequente nele, uma espécie de obsessão e de vício. Nos meses que se seguiram, eu constataria, meu irmão iria comprar cada vez mais essas raspadinhas, na esperança de ganhar uma quantia impensável e de fugir da própria vida com esse dinheiro, de romper com a maldição da sua existência. Como seus sonhos não tinham se realizado, talvez o acaso ainda pudesse salvá-lo.

De qualquer forma, o retrato do meu irmão nesse estágio da vida se parece com o seguinte: um homem em pé na rua raspando um bilhete colorido, os olhos injetados de esperança e loucura, os dentes de cima segurando o lábio inferior. Enquanto ele raspava, eu tinha a sensação de que nada o atingiria. Eu poderia gritar ou xingá-lo, ele não ouviria — estava sozinho, sozinho com seu Destino.

Ele raspou os jogos que tinha entre os dedos, um depois do outro; ganhou quantias minúsculas, com as quais comprou novos jogos, entrou e saiu da tabacaria, até a hora em que perdeu tudo e não teve mais nem dinheiro nem bilhete para trocar.

Ele deu de ombros, "Bom, não se pode ganhar todas as vezes".

Ele me levou à sua casa e pela primeira vez vi o lugar onde ele vivia: a Quitinete em que o Proprietário o deixava morar de graça.

O lugar cheirava a combustível. A esse cheiro se juntavam o do cigarro e os de fluidos humanos, transpiração, urina. O apartamento era tão pequeno que concentrava todos os cheiros da vida do meu irmão. Eu me lembro, ele sugeriu fritar hambúrgueres e os jogou diretamente do congelador em uma frigideira, com um pedaço de manteiga grosso demais.

Sentou-se na minha frente e conversamos. Enquanto comíamos, tirou o celular do bolso e se conectou a um site; perguntei o que ele estava fazendo. Ele disse que tinha entrado em um site de encontros: "Tem muitas mulheres ali, todas querem trepar".

Em seguida, meu irmão não falou mais comigo: manteve os olhos fixos na tela do telefone. Enviou mensagens para mulheres desconhecidas, algumas responderam rapidamente.

De repente ele se levantou; desculpou-se, precisava sair. Pegou o casaco e desapareceu.

Um amigo me disse: Seu irmão era gentil com os outros fora das suas crises e explosões porque queria ser amado. Ele bebia e se tornava agressivo porque achava que deveria ser mais amado do que era. Sua gentileza, sua violência, tudo se explica por sua relação doentia com o amor.

Um amigo me disse: Seu irmão foi, antes de tudo, uma vítima do vício. A bebida, os jogos, as mulheres e até, de certa forma, as queixas. Tudo era vício.

Um amigo me disse: Se o pai dele morreu tão jovem por causa da bebida, essa talvez seja a prova de que seu irmão tenha herdado geneticamente esse problema, então todas as teorias desmoronam.

Um amigo me disse: Seu irmão se suicidou.

Um amigo me disse: Se um dos Boinet também morreu com trinta anos, como você me contou, e seu primo Sylvain e o pai do seu irmão só um pouco mais velho, você, sem se dar conta, está contando a história de um mundo em que se morre com trinta, quarenta anos. Não entre na psicologia. Antes de tudo, o que você está fazendo é o relato de um destino de classe.

Meus amigos têm ideias claras e eu não sei, não sei.

FATO NÚMERO 12

Quando eu o visitava em sua Quitinete, ele sempre falava da mesma coisa: seu pai, a crueldade do meu pai, a distância que sentia de todos à sua volta, a frieza.

Os meses se passavam e quando eu encontrava meu irmão ele estava cada vez mais dominado pelo álcool, me comunicar com ele era difícil: ele não terminava as frases, ficava doente, perdia a consciência, de vez em quando dormia no meio das conversas.

Quantas vezes fui vê-lo em sua Quitinete-oficina? Dez, vinte vezes? Trinta?

O sofá ficava a pouco menos de um metro da porta de entrada. Era um sofá que se transformava em cama, mas muito rapidamente meu irmão não teve mais forças para fechá-lo e o móvel passou a ocupar todo o espaço da casa. À direita, uma televisão gigante. À esquerda, uma mesinha para duas pessoas e uma cozinha minúscula com uma pia. E pedaços de tabaco marrom por toda parte, no chão e nos móveis.

E os cheiros.

Na saída do colégio, quando eu andava pelas ruas do centro da cidade com Elena, minha amiga mais próxima, às vezes via meu irmão de longe, com uma cerveja na mão, parecendo um morto-vivo cada vez menos vivo. Eu desviava o caminho para não ter que falar com ele. Géraldine, evocando essa época da vida dele, me disse ao telefone: "Desculpa falar, mas depois que me separei do seu irmão ele se tornou um zumbi", e quando eu o via era o que eu pensava, e pensava coisas até piores que essa, não me orgulho disso, mas pensava.

Eu tentava ampliar a distância entre nós. Não atendia seus telefonemas, evitava as ruas nas quais sabia que poderia cruzar com ele. Passar o tempo com um alcoólatra causa tédio e irritação; tédio porque a pessoa à sua frente é incapaz de se comunicar normalmente, irritação porque é impossível, de fora, compreender por que o alcoólatra simplesmente não diminui seu consumo de álcool — como se um pouco de força de vontade bastasse. Todas as vezes que ele insistia que eu fosse vê-lo, era no fim da tarde que eu chegava à casa dele, depois das aulas no colégio. A cena era sempre a mesma: eu ouvia música do outro lado da parede que separava a Quitinete da oficina e batia na porta para avisar que estava chegando, mesmo tendo a chave: eu tinha medo de surpreendê-lo com uma mulher.

Ele gritava para que eu entrasse e eu o encontrava sentado no sofá aberto, cercado de latinhas de cerveja e pedaços de tabaco.

— Tudo bem com meu maninho?

Ele costumava falar com os outros na terceira pessoa e nos encorajava a fazer o mesmo. Começava nossas conversas frequentemente com essa pergunta, e uma noite respondi que eu não estava bem, por causa de nossos pais. Eu me lembro: quando disse essas palavras, um laço se formou entre nós, como nunca tinha acontecido antes; enquanto eu falava, meu irmão me olhava com um olhar penetrante, como se aquilo que eu estava contando lhe permitisse decifrar um enigma ao qual se dedicava havia anos.

O problema era simples: meus pais não queriam comprar os livros de que eu precisava no colégio, os que estavam na lista que a secretaria nos passara no início das aulas. Eu havia sido punido diversas vezes por dizer, quando pediam que eu pegasse os livros em questão, que eu havia esquecido no dormitório; preferia passar por alguém que não era sério a admitir ser pobre.

Eu disse ao meu irmão que detestava nossos pais. Ele sabia, eles fumavam cada um mais de um maço de cigarros por dia, um maço de vinte cigarros cada um mais metade de outro maço, eu disse ao meu irmão que com o que eles gastavam em uma semana poderiam comprar os livros, será que não podiam se privar dos cigarros por alguns dias?

Meu irmão cerrou o maxilar enquanto me ouvia. Ele repetiu, parecendo falar mais consigo mesmo do que comigo, *Filhos da puta, filhos da puta, é mesmo um bando de filhos da puta.*

Ele perguntou se eu queria que ele ligasse para a minha mãe e eu disse que não. Ele não me ouviu, o álcool exacerbava suas reações; ele se levantou e digitou o número da minha mãe no telefone dele. Ela não atendeu e ele deixou uma mensagem, girando em torno de si mesmo no apartamento enquanto falava, agitando a mão livre e ficando irritado, dizendo que ela tinha que comprar aqueles livros, tinha que achar uma solução.

Ele mandou que ela ligasse para ele rapidamente.

Quando desligou, retomou seu lugar no sofá e continuou a falar: *Não vou deixar que eles façam isso, filhos da puta.*

Nessa noite ele tinha preparado um jantar para nós dois. Eu comia, sentado na frente dele, meu irmão fumava, não me lembro mais dos assuntos que conversamos, mas me lembro de ele ter se interrompido no meio de uma frase e de ter dito, me olhando nos olhos:

— Ah, antes que eu esqueça, preciso contar pra você o que aconteceu na semana passada.

Ele fez uma pausa, bebeu um gole de cerveja, reacendeu o cigarro que apagava o tempo todo.

— Uma loucura enorme.

A música continuava tocando atrás de nós, uma de suas músicas preferidas que ele punha em looping, *Ready or not, here I come, you can't hide*. Eu não tinha a menor ideia do que ele estava prestes a me dizer, mas, não sei por quê, ouvindo-o, senti uma súbita preocupação paralisar meus músculos, talvez por causa da seriedade que surgiu de repente no rosto do meu irmão, talvez por conta dos silêncios que ele deixava entre as palavras.

Sussurrei, com uma voz quase inaudível, "Ah, vai, conta", e ele deu outra tragada no cigarro.

Ele começou sua história olhando bem nos meus olhos: alguns dias antes, ele estava caminhando sozinho pelas ruas, em meio às paredes de tijolos vermelhos do Norte e à neblina, era noite e ele caminhava, quando de repente um homem na calçada olhou para ele.

Meu irmão se virou. Será que eu podia imaginar a situação? Um homem estava olhando para ele, e ele, o meu irmão, não entendia por que alguém que não o conhecia o olhava com aquela insistência. Ele, por sua vez, observou o outro demoradamente, para ter certeza de que não estava enganado, talvez não tivesse reconhecido um amigo que não encontrava fazia muito tempo, alguém que teria mudado de aparência e que fosse difícil reconhecer, são coisas que acontecem, então meu irmão o esquadrinhou, ele se concentrou, se concentrou ainda mais, e nada, nenhum indício nem uma lembrança mesmo que distante, e aí ele se deu conta de que o desconhecido continuava olhando para ele fixamente. E meu irmão viu o que havia nos olhos do homem na calçada em frente: desejo. O homem olhava para meu irmão porque o desejava.

Eu estava a poucos centímetros do meu irmão enquanto ele descrevia a cena. Tentei não baixar os olhos, não deixar transparecer nenhum sinal que o fizesse pensar que, ao falar daquele desconhecido na rua, era indiretamente de mim que ele estava falando. Será que fez de propósito? Será que me contou essa história porque queria me colocar diante das suspeitas que nutria quando pensava em mim? Será que teria até inventado isso para me levar a fazer confidências, dizer a ele que, havia alguns meses, desde que eu tinha chegado a Amiens, eu ia à noite em bares onde homens que queriam transar com outros homens se encontravam?

Meu irmão me olhava e eu olhava para ele. Achei que se eu continuasse a olhar fixamente para ele como estava fazendo, sem piscar, ele iria entender que aquela história me incomodava.

Tentei fazer uma pergunta: "E então? O que aconteceu quando você viu que o cara estava olhando para você?" — uma frase tão simples e tão banal, esperei que a banalidade dela me protegesse. Pensei nos homens que eu também tinha encarado nas ruas ao longo das semanas anteriores, normalmente à noite, pedindo por dentro que um deles entendesse que meu olhar era um olhar de desejo, que me levasse para um quarto escuro em qualquer lugar no subsolo de um prédio e que tirasse minha roupa ou me fizesse ajoelhar na sua frente — e eu tinha certeza de que nesse exato momento meu irmão podia ver essas imagens projetadas em mim.

Ele tomou mais um gole de cerveja e continuou: "Aí entendi que era um viado. Era um viado me olhando enquanto eu passeava. Pode imaginar uma coisa dessa? Era um chupador de pau. Eu atravessei a rua e falei pra ele: "Ei, você, por que está me olhando assim? Você está achando que eu sou viado? Você acha que vamos trepar? Por que está me olhando assim?"".

O hálito de álcool do meu irmão chegava até mim, um cheiro de álcool macerado em seu estômago que me dava vontade de vomitar, percebo isso, meu próprio irmão me dava vontade de vomitar, a distância entre mim e ele não era apenas abstrata ou social, era também corporal, olfativa.

Gotas de sua saliva espirraram no meu rosto: "Então eu gritei pra ele: Por que está me olhando assim, seu viado? E o que eu achei engraçado foi sentir que ele estava com medo. Ele, o viado. Ele disse: Não, de jeito nenhum, eu não estava olhando pra você, você se enganou, e eu perguntei: Então me explica por que estava me olhando como se quisesse me comer, seu viado?, e, bem, eu vi que ele estava com medo, isso me deu ainda mais vontade de dar um belo de um tapa na cara dele para castigá-lo. Quando você vê uma vítima, você tem vontade de tratá-la como vítima. E ele tentando se defender com sua voz de bicha, ele chegou a implorar, Mas juro que o senhor está enganado, eu não estava olhando para o senhor, o senhor está enganado, aí ele tentou se afastar e o segurei pelo braço e dei um soco nele. O sujeito caiu no chão, chorou como uma menina e eu gritei, Por que você me olhou daquele jeito, hein? Morre, seu viado, eu gritei, Morre, viado, morre".

A existência da homossexualidade despertava revolta e nojo em meu irmão. Uma mulher com quem ele viveu por algum tempo, mais tarde, na época em que eu não o via mais e em que ele soube da minha homossexualidade pela minha mãe, uma mulher que também encontrei pela internet e para quem telefonei, me confirmou isto:

— Preciso dizer outra coisa para você, seu irmão não suportava a homossexualidade, e principalmente a sua homossexualidade — porque você é homossexual, ou estou enganada? Eu não conheço você. Olha, espero que não machuque você, mas ele falava disso o tempo todo. Sem motivo. Às vezes a gente voltava das compras ou de um passeio, ele sentava e dizia: Não me conformo que meu irmão é viado. A gente estava falando de outros assuntos, e ele começava a falar disso. Dizia que tinha vontade de matar você quando pensava nisso — desculpe repetir frases tão violentas, mas você quer saber, não é?

Quando, anos depois de ter agredido esse desconhecido na rua — se é que ele fez isso mesmo, custo a acreditar —, minha irmã mais velha confirmou o que minha mãe tinha dito a ele sobre minha homossexualidade, meu irmão respondeu que iria me castigar: ele me daria uns socos para pôr minha cabeça no lugar. Era tarde demais, de qualquer jeito, foi nos anos em que eu tinha parado de vê-lo, mas sei que ele repetia para quem estivesse por perto: "No dia em que eu reencontrar meu irmão, vou meter um soco na cara dele, e aí vamos poder falar normalmente" — *era uma frase típica dele e de seu jeito de falar. Frases como essa eram características de sua arrogância e de sua violência.*

Meu irmão acreditava que era seu dever aplicar a lei para tornar o mundo melhor, à sua imagem. Sempre acreditou que sabia a maneira como o mundo deveria funcionar e que ele deveria agir como um justiceiro. Uma das tragédias de sua existência foi o fato de ele acreditar que, se os outros o ouvissem, o mundo seria mais bonito e mais justo. Mas ninguém o ouvia.

(Sei que já fiz muitas perguntas, mas não posso deixar esta de lado: por que o ódio do meu irmão pela homossexualidade era tão profundo, tão visceral? Nas minhas lembranças, a homofobia do mundo da nossa infância não se parecia com a dele. Na maioria das vezes, a homofobia ou o racismo no nosso meio não eram ideológicos, mas sociológicos: um jeito de ser, uma linguagem que aprendíamos desde a infância sem fundamentalmente estar de acordo com ela, algo que reproduzíamos sem precisar da vontade ou da consciência. Meu pai, por exemplo, havia aprendido a palavra viado da mesma forma que aprendera bom-dia ou obrigado. Ele nunca teve outras palavras para falar daquilo que eu encarnava ou do que pessoas como eu encarnavam. Ele professava ideias homofóbicas na frente da TV, ria dos "maricas", como seu pai e seu avô haviam feito antes dele, como se a aprendizagem do humor e a aprendizagem da homofobia fossem uma única e mesma coisa na sua vida. No entanto, quando ele soube da minha homossexualidade não reagiu com violência. Não ficou com raiva. Ele me disse que me aceitava como eu era, e mesmo que essa frase seja desajeitada, não posso negar que seu comportamento me surpreendeu, porque contradizia tudo o que ele havia dito até então.

Meu irmão era diferente. Seu ódio à homossexualidade estava ancorado em sua mente, não era apenas um discurso repetido de modo automático, e sim, creio, uma ideologia constituída.

Por quê?

Meu irmão era tão despossuído de tudo, de dinheiro, de seus sonhos, de felicidade, que esse discurso de ódio era, de certa forma, tudo o que tinha. Acho que por isso se apegava a ele. Esse discurso lhe dava um sentido, uma consistência no mundo. Sem ele, meu irmão não tinha mais nada, não era mais nada. E assim como ele agrediu Isabelle para dar a si mesmo a ilusão de Poder, e para se deixar embriagar por esse (falso) poder, sua homofobia representava apenas mais uma forma patética de fazê-lo acreditar que possuía alguma coisa — no caso, uma ideologia, uma retidão, uma superioridade moral.

Meu irmão só fez péssimas escolhas.)

FATO NÚMERO 13

Procuro entender esse período de sua vida. Meu irmão tinha vinte e sete anos e sei que foi viver com Stéphanie, uma mulher com quem ele já se encontrava quando chegou a Amiens, mas com quem nunca cruzei.

Nas minhas primeiras tentativas de reconstruir a vida do meu irmão depois de sua morte, achei que, mesmo que eu dispusesse apenas de indícios insignificantes, não seria difícil reconstituir essa fase de sua existência; eu tinha certeza de que ela seguia uma progressão lógica: Angélique tinha me contado que meu irmão bebia e tentou agredi-la, Géraldine me dissera que meu irmão bebia e batia nela, então deduzi que meu irmão teria desenvolvido uma violência exponencialmente maior com Stéphanie.

Se primeiro ele jogou uma garrafa no rosto de Angélique, depois deu socos em Géraldine e tentou ir atrás de suas filhas, a sequência lógica devia ser pior, e quando telefonei para Stéphanie me preparei para ouvir histórias insuportáveis de pancadas, ferimentos e gritos.

Mas quando perguntei a ela
— Você aceitaria me falar sobre a violência do meu irmão?
ela respondeu, espantada:
— Que violência?
Achei que ela estivesse disfarçando. Imaginei que, como

muitas mulheres que apanharam, ela não queria mais falar disso e eu disse baixinho, com medo de magoá-la:

— Não precisa falar se você não quer, claro, mas sei que meu irmão foi violento com as mulheres que conheceu antes de você, então pensei que...

Mas Stéphanie me cortou:

— Seu irmão nunca foi violento. Ele nunca levantou a mão pra mim. Isso eu não teria suportado. Podia ser violento com as palavras e no jeito de falar, mas eu o repreendia.

Insisti, mas quanto mais eu insistia, mais ela reafirmava o que tinha dito:

— Não, não, seu irmão nunca teria feito isso comigo, é sério, eu não aceitaria que um homem levantasse a mão pra mim.

Talvez ela tenha mentido para mim, mas acho que não, é uma possibilidade, mas acho improvável. Quando lhe fiz essas perguntas, ela não se expressou com a certeza de quem mente e havia decorado uma resposta para dar; senti surpresa em sua voz, a fragilidade inerente à verdade, senti seu espanto com as minhas perguntas e a minha insistência.

O que Stéphanie disse é que sua história com meu irmão não funcionou não por causa de socos e gritos, mas porque ela quis ajudá-lo e ele não aguentou. Ela queria encontrar outro apartamento para ele, para que meu irmão deixasse sua quitinete-oficina, ela achava que o lugar onde ele morava exercia uma influência ruim sobre ele e corroía sua vontade — como se a alma fosse o espelho de um lugar. Ela procurava trabalho para ele, ouviu falar de um curso de marceneiro na região e achou que era uma profissão ideal para meu irmão, ele poderia ser seu próprio patrão, aprender um ofício artístico e criar objetos de acordo com seus desejos.

O que ela acha é que suas tentativas de ajudá-lo é que levaram ao fim da história deles.

A partir desse momento, a vida do meu irmão vira de cabeça para baixo. Ele, que nos anos anteriores havia sonhado, tido sonhos grandes demais para si mesmo, se afastou de tudo que pudesse transformá-lo ou de tudo que o fizesse sonhar. Se eu acreditar em Stéphanie, meu irmão começou a odiar todas as pessoas que o lembravam de que ele poderia ter mudado ou de que talvez ainda pudesse fazê-lo. Ele havia perdido demais. Não tinha mais forças para perder. Procurava conscientemente a imobilidade, porque agora tinha medo do futuro e do movimento — isto é, do risco da repetição do fracasso e da Ferida.

Ele levara uma vida *fora do tempo*. Agora procurava por ela.

"Eu e seu irmão poderíamos ter ficados juntos para sempre.

Ele sabia ser tão gentil... Até meus amigos me diziam: Nós nunca vimos alguém tão gentil.

Como você conseguiu encontrar um namorado assim?

Eles não viam.

Não se conhece um homem até que se viva com ele.

De todo modo, vou te contar, seu irmão me detestava. Por quê?

Porque eu queria ajudá-lo, e ele detestava todos que queriam ajudá-lo.

Mas isso funcionava em outro sentido também:

Ele só queria sair com pessoas que o levavam a fazer o que ele já fazia, ou seja, a beber e a se deixar levar.

Na época da nossa relação, ele começou a rever amigos que não via fazia anos apenas porque sabia que com eles podia beber sem limites. Porque sabia que essas pessoas não o ajudariam a sair daquilo, a avançar.

Isso o reconfortava.

Isso de não mudar.

Um dia, como eu disse, ele telefonou para um amigo de infância. Eu disse, Por que está ligando para um cara que você não vê há dez anos?

Aí entendi. Esse cara bebia cerveja e uísque o dia inteiro. Ele mal tomava banho, era nojento. Não trabalhava.

E seu irmão preferiu esse homem a mim. Eu que queria fazer tudo por ele, achar um lugar para ele viver, achar um trabalho para ele, reconstruí-lo.

É isso.

Ele bebia demais.
 Isso não podia dar certo.
 Quando ele bebia, pegava fotografias, me mostrava. Dizia, Meus pais não cuidaram de mim, sempre fui sozinho. Toda vez que eu quis fazer alguma coisa eles me desencorajaram, é por isso que me sinto mal comigo mesmo.
 Eu já disse para você? Ele me mostrava fotos suas também.
 Dizia que tinha orgulho de você. Chorava falando de você, ele dizia: Você vê, meu irmãozinho, ele é um gênio. É o gênio da família. Dizia, Um tipo assim nasce um em cem famílias, talvez um em mil, em dez mil famílias. Ninguém é como o meu irmãozinho. Ele é estudioso, ele vai longe.
 Meu irmãozinho vai fazer o que eu nunca consegui e esse é o meu orgulho.
 Meu irmãozinho é a minha vingança.

É o que ele dizia sobre você, o seu irmão, eu lembro.

Mas não dava mais certo com ele.
 Ele remoía o passado, e eu não podia fazer nada. O que eu poderia fazer?
 Ficou preso numa engrenagem: dizia que todo mundo o via como um preguiçoso, então ele bebia e, como bebia, não fazia nada e dava razão àqueles que pensavam que ele era um preguiçoso, aí bebia ainda mais.
 Como esquecer quando não há nada pela frente?
 Quando não temos nada pela frente, nos refugiamos no passado.

Nos refugiamos no passado que nos fere.
É como outro círculo.
Seu irmão estava preso em círculos, círculos por todo lado.
Um dia nós brigamos por causa de tudo isso e eu entendi que tinha acabado.
Vi que não podia fazer mais nada por ele, então o deixei."

Duas últimas observações:

1: Ludwig Binswanger, em sua análise de casos psiquiátricos como *Mélancolie et manie* [Melancolia e mania] ou *Le Cas Ellen West* [O caso Ellen West], faz uma afirmação surpreendente: ele diz que é o amor, e apenas o amor, que faz *o tempo passar*. Binswanger formula a seguinte teoria: é o amor que dá a estabilidade e a segurança necessárias para permitir que um indivíduo avance e faça a distinção entre passado, presente e futuro.

Sem amor, não há tempo.

Se não pode "amar com segurança", o ser-presente é "ameaçado pelo seu não ser".

Essa ideia parece ter fascinado Michel Foucault, que escreveu em *Binswanger et l'analyse existentielle* [Binswanger e a análise existencial]: "A angústia, o abandono, a facticidade, tudo isso Binswanger entende como queda e recaída fora da segurança do ser no amor".

Meu irmão não se sentia amado. Mas ele também não era capaz de amar, ele amava mal, feria aquelas e aqueles que achava que amava, como feriu Angélique e Stéphanie. Como ele poderia recolocar o tempo de novo em movimento se é o amor que permite isso e ele não sabia mais amar?

Talvez por causa dessa incapacidade, de seus círculos, como disse Stéphanie, meu irmão se achasse irreversivelmente fora do tempo.

***

2: A respeito dos sonhos que meu irmão teve antes de desistir, fica uma questão de ordem cronológica: será que meu irmão sofria porque seus sonhos eram grandes demais para ele e eram esmagados pelas limitações que compunham sua vida, ou será que meu irmão sonhava porque era infeliz, infeliz já antes dos sonhos, e os sonhos constituíam voos, compensações que ele se oferecia para escapar, pelo espaço de alguns instantes, de sua Infelicidade?

Seus sonhos eram as causas ou as consequências de seu Destino?

FATO NÚMERO 14

Vi meu irmão pela última vez. Foi mais de nove anos antes de ele morrer e eu não podia saber que essa última vez seria a última de todas as últimas, a última radical, irreversível.

Um amigo me disse: "As últimas vezes só são reconhecidas como última vez quando é tarde demais. Nós convivemos com as pessoas, vivemos determinada vida, determinado cotidiano, e um dia vemos uma dessas pessoas sem saber que é a última vez. E é apenas meses, uma década, muito tempo depois, que nos damos conta".

Eu deixara Amiens um ano e meio antes para ir morar em Paris. Lá, comecei a escrever um livro no qual eu falava, entre outras coisas, da violência do meu irmão, dos conflitos na minha família e da minha homossexualidade; um editor leu e aceitou publicá-lo. O livro se chamaria *O fim de Eddy*.

Dias antes do lançamento, voltei ao Norte pensando que depois desse dia eu talvez não pudesse mais ver meu irmão; sabia que ele detestaria o que eu tinha escrito e ficaria com raiva de mim. Telefonei para ele para sugerir um jantar com ele e com minha irmã, como um jantar de despedida antes de eu não poder mais falar com ele — mas ele não sabia disso.

Expliquei por telefone que eu cuidaria de tudo, compraria as comidas e as bebidas, ele não teria que se preocupar com nada, apenas ir e aproveitar o momento. Eu o traí. Menti para ele. Não tive nenhum sentimento de culpa. Queria apenas lhe dizer adeus.

Eu me lembro: cada gesto, cada imagem, cada palavra dita, eu queria guardar, para que nunca mais me escapassem, porque seriam os últimos fragmentos que eu teria da existência do meu irmão — mas *últimos a esse ponto*, de novo, eu não podia imaginar.

O roteiro que eu havia concebido era simples: dois irmãos se veem pela última vez, um sabe disso, o outro ignora, o que sabe organizou o encontro sabendo que não haverá outros.

Será que minha atitude foi cruel? Por que eu quis essa cerimônia se não amava meu irmão? Por que quis tanto reter sua imagem se ele não importava mais para mim?

Cheguei à casa da minha irmã mais velha, onde havia marcado o encontro com meu irmão: nessa época ela morava na mesma cidade que ele. Ela me ofereceu uma bebida, chamou o marido dela, que estava no andar de cima, e percebendo a interrogação em meu rosto disse que meu irmão estava atrasado, mas que logo chegaria. Ela soltou um suspiro: ele na certa devia estar com uma dessas mulheres desconhecidas que encontrava compulsivamente pela internet.

Quarenta e cinco minutos depois, meu irmão apareceu com o cabelo molhado. Quando ele surgiu na porta, analisei todos os detalhes de seu corpo e de seu rosto.

Sua pele estragada.

Seus olhos brilhantes.

Sua camisa perfeitamente passada, em contraste com o resto de sua aparência.

Eu o olhei e dentro de mim sussurrei Adeus.

Adeus.

Eu lhe fiz perguntas sobre ele e sobre sua vida. Tentei, com a ajuda dele, recordar nossas raras lembranças comuns de infância, mas a verdade é que me entediei. A verdade é que eu esperava uma cena de adeus memorável, mas o tédio foi o único sentimento que emergiu dessa noite, a única emoção que meu irmão despertou em mim. Meu irmão servia-se de seguidas doses de uísque da garrafa que eu tinha comprado, e cada dose que ele bebia o tornava mais insuportável e aprofundava meu tédio. Todo mundo, minha irmã, o marido dela, eu, todo mundo ainda estava na primeira dose, mas ele, ele se servia de mais e mais, bebeu sua quinta dose e depois a sexta. Fez de novo o que fazia quando estava bêbado, deu lições, me disse que eu devia prestar atenção nas decisões que tomava para meu futuro e que eu devia arrumar um bom emprego, estável. Ele se tornou novamente o justiceiro que acreditava ser, disse que o problema dos nossos dias eram as garotas que só pensavam em se vestir como putas, ele, que dormia quase todos os dias com uma pessoa diferente, condenava a liberdade sexual, então, será que a gente não via que a França estava sendo invadida pelos negros e pelos árabes, que só pensam em ser violentos e não querem trabalhar? Foi o que ele afirmou, ele, que tinha batido em mulheres, ele, que nunca conseguiu manter um emprego por causa do alcoolismo, ele explicava que tudo desabaria ao nosso redor se a sociedade continuasse perdendo seus valores.

Eu me odiei por ter organizado esse jantar. Olhava a hora na tela do meu celular; o tempo não passava. Falava com minha irmã, tentando ignorar meu irmão, ia até a cozinha para me afastar dele, evitava que nossos olhos se cruzassem. Por volta de meia-noite, enfim, eu disse que precisava ir embora, que tinha um compromisso cedo no dia seguinte. Eu me levantei, peguei meu casaco e me aprontei para ir embora. Disse adeus ao meu irmão, acenando de longe para ele.

Nunca mais o vi.

Nunca mais, nem vivo nem mesmo morto.

Recebi uma mensagem da minha irmã mais nova:

— Cuidado, ele está indo pra sua casa. Ele pegou um bastão de beisebol, disse que vai te matar.

O livro em que eu falava dele acabara de ser publicado. Como eu tinha imaginado, ele estava furioso. Não suportava que eu o descrevesse como violento, estava indignado por eu ter falado abertamente sobre a minha homossexualidade e, sobretudo, estava revoltado porque, segundo ele, eu tinha falado "mal" da nossa família.

Meu irmão sabia onde eu morava — minha mãe tinha meu endereço em Paris, ela o usava para me enviar correspondências. Era preciso agir rápido. Telefonei a um amigo para pedir ajuda, expliquei que meu irmão já estava a caminho, eu tinha medo de que ele já estivesse na rua, ali embaixo.

Seus olhos injetados.

O bastão na mão.

Meu amigo tentou me tranquilizar: Não, ele não poderia ter chegado tão rápido. Mas eu precisava sair de casa.

Esperei alguns segundos, bem longos, ouvindo o silêncio e a crepitação no microfone do celular, então a voz do meu amigo ressurgiu para me dizer que havia quartos disponíveis em muitos hotéis do outro lado de Paris, talvez a melhor coisa a fazer fosse me esconder ali por dois ou três dias, o tempo para meu irmão se acalmar. Eu disse Sim, sim. Eu queria ir para o mais longe possível. Me afastar do meu irmão, da sua raiva e do seu corpo imenso.

Saí com uma mochila, que enchi apressadamente. Vesti um casaco com capuz e cobri a cabeça. Corri pela rua, exatamente como vários anos depois eu correria por causa da morte do meu irmão. Naquele dia corri para evitar a minha. Cheguei ao hotel; uma recepcionista pediu meus documentos, me deu um cartão para eu abrir a porta do quarto e subi; fui rápido. Uma vez no quarto, me sentei na cama e esperei. Eu sabia que meu irmão não poderia ficar em Paris, não tinha nenhum lugar para ir, não conhecia ninguém, não tinha dinheiro para reservar um hotel, a cidade o expulsaria em apenas algumas horas.

Eu não entendia por que meu irmão se convertera em defensor da honra familiar, que, segundo ele, eu desprezava com meu livro, ele, que vivia repetindo que a família o destruíra.

Hoje ainda penso nisso, e desde o dia da minha fuga para o hotel, a contradição no comportamento do meu irmão continuou crescendo diante dos meus olhos. Por que querer me matar para me punir por ter falado "mal" da nossa família, quando ele fazia isso todas as noites com as mulheres com quem vivia?

Na verdade, eu nunca soube se meu irmão veio mesmo a Paris ou se disse que viria para minha irmã num acesso de raiva e depois não concretizou seu plano. Minha mãe também não sabe. Quando lhe pergunto, ela dá de ombros e diz: "Ah, era só pra deixar você com medo, mesmo que tivesse pegado o bastão ele nunca ia te bater com ele. De qualquer forma, ele não ia te matar".

Silêncio e desaparecimento.

Passei quarenta e oito horas naquele quarto de hotel, talvez um pouco mais. Não fiz nada. Esperei. Voltei para casa e por anos não pensei mais no meu irmão.

Nossa vida não era nem a minha vida nem a dele, mas a distância entre nós dois.

Enquanto meu irmão bebia, eu estudava filosofia, lia romances.

Enquanto meu irmão bebia, eu escrevia.

Enquanto meu irmão bebia, eu viajava.

Nada pode revelar essa distância entre nós. Nada pode revelar a distância, porém a distância revela tudo. A distância é uma memória. Até quando não pensava em meu irmão eu não o esquecia. *Eu não o esquecia porque sua vida era a que eu poderia ter tido, mas não tive*, escreve Jamaica Kincaid. Eu não o esquecia porque sua vida continha e representava um vestígio da minha, da minha fuga para longe dele.

Eu não pensava no meu irmão, mas durante anos, depois da história do bastão de beisebol, minha mãe continuou a me dar notícias dele, na maioria das vezes por telefone. Ela me falava dos problemas dele com a bebida, que se agravavam. Não podia mais mentir para si mesma como tinha feito por muito tempo, quando jurava, para todos que lhe perguntavam sobre meu irmão, que ele iria se curar.

Agora ela dizia: "Seu irmão está doente".

Ela disse: "Comemoramos seus trinta e três anos, mas ele mal conseguia ficar de pé, você vai ver, ele está perdendo os dentes, engordou tanto que fica o tempo todo sem ar".

Ela me disse:

— Tento fazer ele se cuidar, mas ele não me escuta, o que você quer que eu faça... Não posso fazer nada se ele não tem vontade de mudar. Ele é maior de idade e só pode ser internado se quiser. Mas ele não quer. Quando dizemos que ele tem um problema com bebida, ele responde que estamos exagerando. Eu queria ter o direito de amarrá-lo a uma cama de hospital para salvá-lo, mas não tenho esse direito.

Ela ficava desesperada.

Tentava, mas era como se tentasse segurar água entre os dedos. Um dia ela me telefonou para dizer que tinha uma notícia boa, dessa vez estava certa de que meu irmão iria se curar: ela tinha conseguido, com muita insistência, convencê-lo a começar um tratamento de desintoxicação. Ter simplesmente conseguido fazê-lo admitir que ele tinha um problema com álcool era um passo enorme.

Ele começou o tratamento, mas só o manteve por uns dez dias. Ele bebia escondido; sem álcool ele perdia a razão, gritava à noite, quebrava objetos. Segurava a cabeça e gritava que precisava beber, precisava, era preciso que lhe dessem uma dose.

Minha mãe comentava: "É difícil ver seu bebê assim. Vê-lo sofrer". Nos meses que se seguiram, ela ainda tentou convencê-lo duas vezes a parar, mas os tratamentos eram cada vez menos longos, ele os abandonava cada vez mais rápido.

O desespero: foi também o que meu irmão caçula sentiu nessa época.

Ele tinha problemas financeiros, não conseguia pagar aluguel e meu irmão mais velho o abrigou por alguns meses.

Meu irmão caçula lhe deu um apelido:

"Comecei a chamá-lo de Senhor Eu. Dei esse apelido porque ele não era capaz de enxergar os problemas dos outros, só os dele. Todas as noites colocava música na televisão e ficava olhando o vazio. Eu tinha que ler alguns textos para o trabalho, mas ele nem ligava. Ele reclamava. Só falava dele. Quando falava só dizia Eu, Eu, Eu, Eu, mas não via os problemas que criava na vida dos outros."

Eu disse a meu irmão caçula que talvez não fosse culpa dele, que sua vida é que o tinha feito prisioneiro desse Eu e ele não conseguia mais sair. Talvez tenha sido vítima de sua obsessão por si mesmo tanto quanto os outros, talvez tenha sofrido ainda mais com isso, já que vivia dentro de si. Quando formulei essa teoria, meu irmão caçula riu:

— Dá pra ver que você não sabe mais nada dele há muito tempo.

FATO NÚMERO 15

Tudo tinha acabado para ele. Meu irmão pressentia isso. Ele listava para o meu outro irmão as coisas que poderia herdar se ele morresse. Ninguém levava essas listas a sério, ele tinha apenas trinta e quatro, trinta e cinco anos, mas agora todo mundo se pergunta a partir de que momento meu irmão soube que ia morrer, se ele tinha algum conhecimento íntimo, secreto.

Um aviso da morte.

Um ano antes de ele desabar — ele tinha então trinta e sete anos —, minha mãe me telefonou numa tarde para dizer que meu irmão estava no hospital. Ele tinha sofrido uma hemorragia interna, seus órgãos estavam muito deteriorados pelo álcool, eles cediam sob o peso de sua própria existência. Tudo nele se rasgava como papel velho. Entrou em coma e ficou hospitalizado por um mês.

Não se sabia se ele conseguiria sobreviver.

Nesse intervalo, não tive nenhuma notícia dele.

Ele escapou por pouco. Os médicos lhe disseram para não consumir mais cerveja nem uísque, seu fígado só estava funcionando com trinta por cento da capacidade normal. Os médicos disseram que, se continuasse a beber, algo grave aconteceria, ele morreria, minha mãe me contou que os trinta por cento de funcionamento do fígado representam um patamar simbólico, disse que um fígado pode funcionar com trinta por cento de sua capacidade por décadas, mas que abaixo desse patamar não há mais esperança, é a morte.

Ele precisava parar de beber se quisesse viver. Ele não parou.

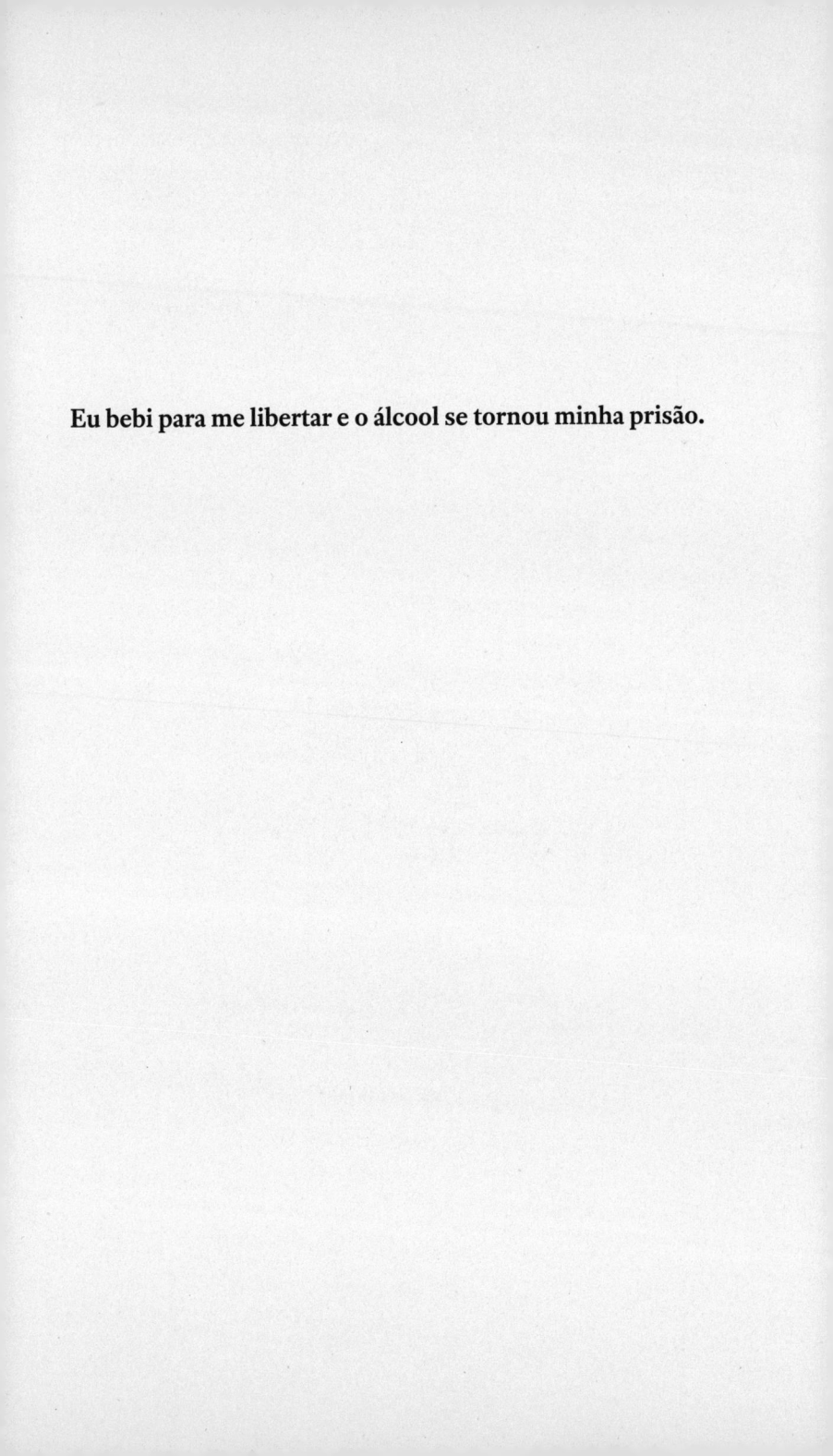

Eu bebi para me libertar e o álcool se tornou minha prisão.

Um parêntese: na cidade em que eu cresci com meu irmão, havia um ponto de ônibus no qual os garotos, geração após geração, passavam as noites ali parados, sem fazer nada, bebendo e conversando para matar o tempo. Era uma tradição não escrita, uma cultura que se transmitia: meu pai tinha desperdiçado grande parte de sua adolescência nesse ponto de ônibus, meu irmão também, e até cerca dos meus quinze anos, eu fiz a mesma coisa.

O ponto de ônibus fora construído com os tijolos vermelhos típicos do Norte e vigas grossas de madeira. Nas paredes, havia frases escritas com giz ou canetinha diretamente nos tijolos.

A maioria dizia Foda-se a polícia, Morte aos viados, Fora árabes, ou eram declarações de amor, Deborah eu te amo, Betty você é minha princesa. Ninguém as lia de verdade, elas faziam parte da nossa paisagem, estavam ali, à nossa volta, conosco. Havia também nomes e apelidos que alguns escreviam, como para destacar sua existência ou talvez por medo de desaparecer, como um escritor pode pôr seu nome na capa de um livro esperando que o nome sobreviva a ele.

Uma noite, sem nenhuma razão, simplesmente porque não achamos nada diferente para fazer, com Romain, Yann e Kevin, os três garotos com quem eu passava mais tempo, começamos a ler em voz alta as frases das paredes de tijolos, um de cada vez. Eu me lembro das frases, Péponne O chefão, Brad,

Brandon arrombado... e então ali, num tijolo desgastado, com giz branco, estava escrito Momole.

Fui eu que li essa — o quê? Essa frase, essa palavra, esse nome.

Virei para os outros e perguntei: Quem é Momole?

Os outros ficaram mais espantados do que eu, não pelo que eu tinha acabado de ler, mas pela minha pergunta. Yann respondeu: Ué, Momole é o seu irmão mais velho, todo mundo sabe disso. Os outros dois concordaram, como se fosse óbvio.

Todo mundo sabia, menos eu.

Quando voltei para casa, corri ao quarto onde meu irmão estava assistindo à TV, e perguntei para ele:

— É verdade que as pessoas chamam você de Momole? É seu apelido? Por que chamam você assim?

Meu irmão me olhou de forma ameaçadora e disse que se eu falasse isso de novo ele me mataria.

Escrevendo sobre a vida e a morte do meu irmão, me pergunto quantas outras coisas eu não sei, talvez coisas que todo mundo saiba, todo mundo menos eu, como esse apelido escrito com giz branco em um tijolo.

Anne Carson observa sobre a morte de seu irmão: "Nós esperamos que os outros tenham um centro, uma história, uma explicação, alguma coisa que faça sentido. Queremos ser capazes de dizer Eis o que ele fez e eis o porquê. Isso cria uma proteção contra o esquecimento".

Talvez eu não saiba nada sobre meu irmão, mas preciso acreditar que sei. Talvez eu precise de uma história, de uma explicação, de alguma coisa que faça sentido.

De uma proteção contra o esquecimento.

FATO NÚMERO 16

Minha mãe tinha me avisado. O Natal se aproximava, meu irmão já tinha entrado e saído do hospital várias vezes desde a hemorragia e ela disse que aquele talvez fosse o último Ano-Novo dele. Insistiu:
— Tem certeza que não quer passar o Natal com a gente? Acho que será o último Natal do seu irmão, se você quiser falar com ele é agora. E ele diz que quer muito ver você.
Eu não quis.
Uns dez dias depois ela me ligou para dizer que ele tinha sido encontrado, caído, no chão do apartamento dele.
Pensei, por um momento, que certamente minha mãe estava aliviada com essa morte: talvez porque tenha visto meu irmão sofrer demais nos últimos anos, talvez porque ela mesma tenha sofrido demais com os excessos dele, com os dias no hospital, com o estresse que aquelas situações causavam nela — ela havia combinado jantares de família com meus outros irmãos nos últimos tempos, para os quais não o convidou, se justificando, com um pouco de vergonha e culpa, "Não é que eu não queira, mas ele vai beber demais se o convidarmos e vai fazer bobagem de novo, começar a gritar ou vomitar em tudo".
Quando ela me avisou que ele tinha morrido, e estava chorando, me disse: "É a coisa mais difícil para uma mãe perder um filho", no entanto eu não pude deixar de me perguntar se

ela não tinha a impressão de que, enfim, um longo pesadelo estava terminando.

E então, três meses mais tarde, minha mãe acordou numa manhã sem conseguir andar. Ela tinha cerca de cinquenta anos e de repente era incapaz de se deslocar sem sentir dores terríveis. Eu a levei a médicos, ela se consultou com especialistas e, em seu consultório, um cirurgião acabou dizendo que o quadril dela estava gravemente danificado. Era preciso substituí-lo. A destruição precoce dessa articulação se explicava pelos anos que passara assistindo pessoas idosas na cidade, limpando-as, cuidando delas e as levantando, mas não era tudo; havia outra coisa, o quadril parecia ter sofrido um choque violento que acabara deixando minha mãe inválida.

Telefonei para meu irmão caçula para pedir que ele me ajudasse a reunir os documentos para a cirurgia, e quando lhe contei sobre o problema no quadril, ele me disse: Não me surpreende.

Eu disse: Ah, é? Por quê?

E ele: Você não sabe? Quando o médico disse para a mamãe que iam desligar os aparelhos dele (*dele, nosso irmão*), ela desmaiou. Desmaiou no hospital e eu a segurei, para que ela não batesse a cabeça no chão. Mas não consegui evitar a batida do quadril. Ela caiu e bateu o quadril no chão.

Eu não sabia que o amor da minha mãe pelo meu irmão era tão profundo a ponto de fazê-la desmaiar.

Eu não sabia que essa cena tinha acontecido.

Mais uma coisa que eu não sabia.

Referências e trechos citados ao longo do texto

BINSWANGER, Ludwig. *Le Cas Ellen West: Schizophrénie. Deuxième étude*. Trad. de Philippe Veysset. Paris: Gallimard, 2016.
_____. *Mélancolie et manie*. Trad. de Jean-Michel Azorin e Yves Tutoyan. Rev. por Arthur Tatossian. Paris: Presses Universitaires de France, 1987.
_____. *Délire: Contributions à son étude phénoménologique et daseinsanalytique*. Trad. de Jean-Michel Azorin e Yves Tutoyan. Rev. por Arthur Tatossian. Paris: Million, 2010.
CARSON, Anne. *Nox*. Nova York: New Directions, 2009. Trad. para o francês pelo autor.
DIDION, Joan. *L'année de la pensée magique*. Trad. de Pierre Demarty. Paris: Le Livre de Poche, 2007. [Ed. bras.: *O ano do pensamento mágico*. Trad. de Marina Vargas. Rio de Janeiro: HarperCollins, 2021.]
FOUCAULT, Michel. *Binswanger et l'analyse existentielle*. Aubervilliers: EHESS--Gallimard-Seuil, 2021. (Coleção Hautes Études).
FREUD, Sigmund. *Deuil et mélancolie*. Trad. de Aline Weill. Paris: Payot, 2011. (Petite Bibliothèque Payot). [Ed. bras.: *Luto e melancolia*. Trad. de Marilene Carone. São Paulo: Cosac Naify, 2012.]
KINCAID, Jamaica. *Mon frère*. Trad. de Jean-Pierre Carasso e Jacqueline Huet. Paris: Éditions de l'Olivier, 2000.
KRISTEVA, Julia. *Soleil noir*. Paris: Gallimard, 1987. [Ed. bras.: *Sol negro*. Trad. de Carlota Gomes. Rio de Janeiro: Rocco, 1989.]
TELLENBACH, Hubertus. *La mélancolie*. Trad. de Louise Claude e Daniel Macher. Paris: Presses Universitaires de France, 1979.

Ver também:

BINSWANGER, Ludwig. *Analyse existentielle et psychanalyse freudienne: Discours, parcours, et Freud*. Trad. de Roger Lewinter. Paris: Gallimard, 1970.
MINKOWSKI, Eugène. *Le temps vécu*. Paris: Presses Universitaires de France, 1995.

**AMBASSADE
DE FRANCE
AU BRÉSIL**
*Liberté
Égalité
Fraternité*

Este livro, publicado no âmbito do Programa de Apoio à Publicação ano 2025 Carlos Drummond de Andrade da Embaixada da França no Brasil, contou com o apoio do Ministério francês da Europa e das Relações Exteriores.

Cet ouvrage, publié dans le cadre du Programme d'Aide à la Publication année 2025 Carlos Drummond de Andrade de l'Ambassade de France au Brésil, bénéficie du soutien du Ministère de l'Europe et des Affaires étrangères.

L'effondrement © Édouard Louis, 2024
Originalmente publicado por Éditions du Seuil em 2024.
Todos os direitos reservados.

Todos os direitos desta edição reservados à Todavia.

Grafia atualizada segundo o Acordo Ortográfico da Língua Portuguesa de 1990, que entrou em vigor no Brasil em 2009.

capa
Luciana Facchini
foto de capa
Daria Piskareva
preparação
Ciça Caropreso
revisão
Gabriela Marques Rocha
Jane Pessoa

citação da p. 43:
Catulo, "Poema 101", em *Carmina*. Trad. de José Pedro Moreira e André Simões (Lisboa: Cotovia, 2012).

1ª reimpressão, 2025

Dados Internacionais de Catalogação na Publicação (CIP)

Louis, Édouard (1992-)
 O desabamento / Édouard Louis ; tradução Marília Scalzo. — 1. ed. — São Paulo : Todavia, 2025.

 Título original: L'effondrement
 ISBN 978-65-5692-830-2

 1. Literatura francesa. 2. Romance. 3. Autoficção.
I. Scalzo, Marília. II. Título.

CDD 843

Índice para catálogo sistemático:
1. Literatura francesa : Romance 843

Bruna Heller — Bibliotecária — CRB 10/2348

todavia
Rua Fidalga, 826
05432.000 São Paulo SP
T. 55 11. 3094 0500
www.todavialivros.com.br

fonte
Register*
papel
Pólen natural 80 g/m²
impressão
Geográfica